W0344623

87 Sekunden

Lone Theils

87 Sekunden

Aus dem Dänischen übersetzt von Mareike Zoege

SAGA Egmont

Die Originalausgabe erschien 2017 unter dem Titel „87 sekunder“
bei Lindhardt og Ringhof, Kopenhagen.

© Lone Theils 2017 by Agreement with Grand Agency

Für die deutschsprachige Ausgabe
© 2022 by Edition SAGA Egmont
Ein Imprint von steinbach sprechende bücher
Covergestaltung: SAGA Egmont
Coverabbildungen: Shutterstock
Satz aus der Minion Pro: Karol Kinal, Warschau
Druck und Bindung Mazowieckie Centrum Poligrafii, Marki

Auszug aus Sebastian Junger „Der Sturm – Die wahre Geschichte
von sechs Fischern in der Gewalt des Ozeans“ mit freundlicher
Genehmigung des Ankerherz Verlags, Hollenstedt.

ISBN 978-3-98750-000-8

Dieses Buch ist urheberrechtlich geschützt. Kopieren für gewerbliche und
öffentliche Zwecke ist nur mit Zustimmung von SAGA Egmont gestattet.
SAGA Egmont www.saga-books.com

Dieser Titel erscheint auch als E-Book und Hörbuch.

„Der Instinkt, unter Wasser nicht einzuatmen, ist so stark, dass er über die Agonie des Sauerstoffmangels triumphiert. Es spielt keine Rolle, wie verzweifelt die ertrinkende Person nach Luft verlangt, sie atmet nicht ein, bis sie sich am Rande der Bewusstlosigkeit befindet. In diesem Zustand enthält das Blut so viel Kohlendioxyd und so wenig Sauerstoff, dass chemische Sensoren im Gehirn ein unwillkürliches Atemholen auslösen, ob sich der Mensch nun unter Wasser befindet oder nicht. Das ist der so genannte break point. Laborversuche haben ergeben, dass dieser Punkt nach 87 Sekunden eintritt. Es ist eine Art neurologischer Optimismus, als wollte der Körper sagen: ‚Dieses Anhalten des Atems bringt uns um, also können wir genauso gut einatmen.'"

Sebastian Junger: *Der Sturm – Die wahre Geschichte von sechs Fischern in der Gewalt des Ozeans*

Kapitel 1
DIE WASSERLEICHE

Georg Guldmann wog das Messer in seiner Hand, schätzte ab, ob es scharf genug war für die Aufgabe, die vor ihm lag. Er erblickte sein eigenes Spiegelbild in der Klinge und stellte fest, dass er eine Rasur nötig hatte und vielleicht auch mit dem Haartrimmer über seinen Schädel fahren sollte.

Dann schwang er das Messer wie ein Scharfrichter, der keine Zeit hat, an die Schweinerei zu denken, die folgen würde.

Im selben Augenblick, als er feststellte, dass ihm ein perfekt weich gekochtes Ei gelungen war, klingelte das Telefon.

„Guldmann", sagte er.

„Es wurde ein totes Mädchen gefunden. Du bist gefragt", teilte ihm der wachhabende Polizeibeamte mit.

Georg stand auf, nahm einen Kugelschreiber aus der obersten Schublade und notierte die Adresse am Rand der Samstagszeitung, die er noch nicht aufgeschlagen hatte.

In diesem Moment kam Astrid aus dem Badezimmer und mit ihr eine dampfende Wolke, die nach Zitrusfrucht und Rosmarin duftete. Acqua di Parma.

„Arbeit?"

„Ja", erwiderte Georg nur.

Sie küsste ihn auf den Scheitel und zupfte ein wenig am Kragen seines Bademantels – dem Vorkriegsmodell, wie sie zu sagen pflegte.

„Dann komm mal lieber in die Puschen. In diesem Aufzug kannst du keinen Mord aufklären."

Georg ließ das Ei stehen, während er Trine Valentin anrief und ihr die Adresse in Christianshavn durchgab.

Astrid war in der Zwischenzeit ins Schlafzimmer gegangen, und als sie wieder herauskam, nahm sie sich ohne weiteres seinem Ei an.

„Ich habe dir Klamotten aufs Bett gelegt", sagte sie.

Georg schaute dem Ei sehnsüchtig hinterher, aber er hielt den Mund.

Manche Arbeitsgewohnheiten waren besser als andere, und die vielen Jahre in der Kostümabteilung der Oper hatten Astrid gelehrt, dass man herauslegt, was die Leute anziehen sollen, bevor sie auf den Gedanken kommen, nachzufragen.

Zehn Minuten später war Georg auf dem Weg in die Stadt.

Harry Madsens Cousin war Lokführer. Im vorigen Jahr hatte er einen Selbstmörder überfahren, und seitdem war Harry froh, dass ihm als Schiffsführer diese Art von Sorgen erspart blieb. Dass er nicht aus Albträumen aufschrecken und immer und immer wieder das dumpfe Geräusch eines Körpers hören würde, der auf die Maschine trifft.

Aber an diesem Samstagmorgen, auf der ersten Sightseeingtour auf der Roten Route und mit einem fast vollen Boot, verließ ihn dieses Glück.

Carmen sah sie zuerst.

Ohne nachzudenken und ohne das Mikrofon vom Mund zu nehmen, schrie sie über das ganze Boot:

„Stopp, Harry! Da ist ein totes Mädchen unter der Brücke."

Erst danach schlug sie die Hand vor den Mund und stellte das Mikrofon aus.

Einer der Passagiere schüttelte den Kopf.

„Das ist doch nie und nimmer ein Mädchen. Das ist eine Gummipuppe", meinte der Tourist.

Aber Carmen konnte sehen, dass das Wunschdenken war.

Harry legte sofort den Rückwärtsgang ein, aber es dauerte ein paar Augenblicke, bis das Boot reagierte. Einige unendliche Sekunden lang sah es aus, als ob sie genau auf den Körper zuglitten, der auf der Wasseroberfläche trieb und unter der Brücke der Sankt Annæ Gade hin und her dümpelte. Sie hatte schneeweiße Arme, ein blaues Sommerkleid und helles Haar, das wie Seegras wogte.

Das war die Geschichte, die Georg Stück für Stück aus Harry Madsen herausbekam, während der Rettungsdienst die Frau an Land bugsierte und Oskar Hvid von der Spurensicherung den ganzen Prozess fotografisch dokumentierte.

Trine war fünf Minuten nach ihrem Chef eingetroffen, eine Sporttasche über der Schulter. Georg nahm an, dass auch sie für diesen Samstag andere Pläne gehabt hatte. Vielleicht hatte sie zum CrossFit gehen wollen?

Er erinnerte sich vage daran, wie sie ihm einen Vortrag gehalten hatte, als sie gerade erst von ihrer vorigen Stelle in Fredrikshavn in sein Team gewechselt war. Sie hatten in der Kantine gesessen, und ihre blauen Augen unter dem Pony waren aufgerissen vor Entsetzen über Georgs unverhohlene Vorliebe für Kohlenhydrate. Damals hatte er gedacht, dass es so vieles gibt, was man nicht weiß, wenn man erst 28 Jahre alt ist.

Trine war in das Boot gesprungen und damit beschäftigt, die Namen der Passagiere zu notieren. Das musste getan werden, obwohl Georg bezweifelte, dass dort jemand irgendetwas von Bedeutung gesehen hatte.

Er wandte sich Carmen zu, die erstaunlich ruhig geblieben war. Sie war eine zart gebaute, dunkelhaarige junge Frau mit einem leichten Akzent, den er entweder als Spanisch oder Italienisch einordnete.

„Ist alles okay bei Ihnen? Brauchen Sie psychologische Unterstützung?“, fragte der Kriminalkommissar.

Die junge Frau schüttelte den Kopf.

„Nein. Alles in Ordnung. Ich will einfach nur weiterfahren.“

Georg musterte sie.

„Okay. Falls Sie es sich anders überlegen, sagen Sie Bescheid.“

Nachdem Carmen ihm Name und Adresse diktiert hatte, überflog er die wenigen Auskünfte, die sie ihm hatte geben können.

Das Boot hatte um 9:03 Uhr bei Sonnenschein am Hafen in Nyhavn abgelegt. Die Verspätung lag an einem Ehepaar, das im letzten Moment angerannt gekommen war. Ja, es war Carmen gewesen, die die Frau zuerst entdeckt hatte. Die Leiche hatte mit dem Bauch nach oben auf der Wasseroberfläche getrieben, festgeklemmt unter der Brücke. Das war wohl so kurz nach halb zehn. Carmen hatte nicht auf die Uhr gesehen. Und ja, es war der Skipper gewesen, der die Zentrale angerufen hatte, die wiederum die Polizei kontaktiert hatte.

„Jetzt ist sie oben. Willst du kurz einen Blick auf sie werfen, bevor wir fahren?“

Der Rettungssanitäter tippte dem Kommissar auf die Schulter und schaute vorsichtig zu Carmen herüber, um zu sehen, ob alles okay war.

Georg steckte sein Notizbuch zurück in die Tasche und sah, wie Trine gerade wieder an Land sprang.

„Hat jemand was gesehen?“

Sie schüttelte den Kopf.

„Irgendein Idiot bleibt dabei, dass es eine Puppe war. Er sollte vielleicht mal mit jemandem sprechen. Ansonsten nicht viel Brauchbares. Nur die auf den vordersten Plätzen konnten die Frau sehen.“

Georg ging zu dem Skipper hinüber.

„Sie dürfen jetzt weiterfahren. Ist jemand am Anleger, um die Leute entgegenzunehmen?“

Harry Madsen nickte, immer noch etwas blass um die Nase.

„Die Zentrale schickt jemanden.“

„Gut. Dann wünsche ich gute Fahrt“, sagte Georg mit einem Nicken.

Carmen sprang ins Boot, und Georg steuerte auf den Krankenwagen zu, dicht gefolgt von Trine. Er schaute zur spiralförmigen Kirchturmspitze der Vor Frelsers Kirke – der Erlöserkirche – herüber, die vor dem blauen Himmel glitzerte, während die Leute vom Rettungsdienst die Leiche für die erste Untersuchung vorbereiteten. Dann zwang er seinen Blick herunter auf die Realität, die vor ihm lag.

Die offene Tür des Krankenwagens stellte zum Glück einen Sichtschutz dar, sodass sich in den bezaubernden roten und gelben Stadthäusern hinter den Stockrosen niemand am Vormittagskaffee verschluckte.

Die junge Frau war in einen schwarzen Leichensack gelegt worden. Ihr Haar war immer noch nass, als ob sie bloß gerade eine Runde geschwommen wäre. Die Augen standen halb offen. Das trägerlose hellblaue Sommerkleid schmiegte sich an ihren Körper. Sie war hübsch. Ganz objektiv gesehen hübsch, mit harmonischen Gesichtszügen und vollen Lippen. Georg schätzte sie auf Mitte zwanzig.

Sie sah aus wie eine, die ausgegangen war, vielleicht einen Bacardi Breezer zu viel getrunken hatte und gleich mit einem Kater aufwachen würde.

Georgs Blick blieb an etwas Rotem hängen, und er schob den Leichensack behutsam ein Stück zurück. Auf dem rechten Unterarm breitete sich ein unregelmäßiges feuerrotes Mal aus, das er Trine zeigte.

„Sieht aus wie eine Brandwunde", stellte sie fest.

Georg nickte.

„Mal schauen, was der Gerichtsmediziner sagt."

Er winkte Oskar Hvid zu sich und zeigte auf die Wunde, woraufhin der Kollege von der Rechtsmedizin ein paarmal mit der Kamera knipste.

„Küchenunfall, wenn du mich fragst", sagte er leise.

Der Rettungssanitäter räusperte sich.

„Wenn sonst nichts mehr ist, würden wir sie jetzt gern in die Rechtsmedizin fahren."

„Sie haben nichts in der Nähe gefunden? Eine Tasche, ein Portemonnaie oder ein Telefon?"

Der Rettungssanitäter schüttelte den Kopf.

„Nix."

Dann schob er die Frau in den Krankenwagen, schlug die Tür zu und stieg ein.

Egal, was der Frau in Christianshavn zugestoßen war, sie verließ den Platz in würdevollem Tempo. Wenn der Schaden so endgültig war, gab es keinen Grund für Blaulicht – keinen Grund, ins Krankenhaus zu hetzen, um etwas zu verhindern, was bereits geschehen war.

Georg würde sich nie an den Anblick eines langsam fahrenden Krankenwagens gewöhnen.

Jetzt galt es, herauszufinden, wer die Frau war. Anschließend wartete die Aufgabe auf ihn, den Angehörigen zu berichten, dass das Allerschlimmste der Welt geschehen war.

„Sollen wir einen Taucher rufen?", fragte Trine.

„Gib mir noch eine Viertelstunde. Lass uns erst schauen, ob wir ihre Tasche oder ihr Handy finden können", sagte Georg und zeigte auf die andere Seite der Brücke hinüber.

Den Blick auf die Pflastersteine gerichtet, setzte er sich in Bewegung und bemerkte nicht, dass die Straße sich langsam mit Touristen und Kopenhagenern füllte, die nicht im Geringsten ahnten, dass hier erst vor sehr kurzer Zeit eine tote Frau aus dem Wasser gezogen worden war.

Er folgte dem Kanal, blieb an einem Mülleimer neben einer Bank stehen, zog ein paar Handschuhe aus der Tasche und wühlte zwischen den zusammengeknüllten Brötchentüten herum, aber erbeutete nicht viel mehr als eine senfverschmierte Würstchenpappe, einen verbogenen schwarzen Kamm und einen mitleidigen Blick einer Frau mit Buggy, die an ihm vorbeiging.

Ernüchtert streifte er die Handschuhe ab, rollte sie zu einer kleinen Kugel zusammen und schaute fragend zu Trine herüber, die dabei war, ein Stockrosenbeet zu inspizieren. Sie bemerkte seinen Blick und schüttelte den Kopf.

Georg verabscheute den Gedanken, über die Medien nach den Angehörigen der Frau suchen zu müssen, und hoffte, dass jemand von sich aus bei der Polizei anrufen würde, weil eine Partnerin, Mitbewohnerin oder Tochter vermisst wurde. Aber er wusste auch, dass die Chancen, dass das so früh am Tag passieren würde, verschwindend gering waren.

Kurz darauf rief er Trine zu sich herüber.

„Wir wissen noch nicht einmal, ob sie hier ins Wasser gefallen ist. Sie kann ja heute Nacht mit dem Strom bis zur Brücke getrieben worden sein."

„Oder woanders getötet und hierhergebracht worden sein", fügte Trine hinzu.

Georg sah sich prüfend um. Der Abstand zwischen Kai und Wasser war klein. Nur ein einziger verkehrter Schritt, und man landete im Kanal. Oder ein einfacher Schubs.

In der Nähe der Brücke standen lauter Häuser mit großen Fenstern zum Kanal. Gestern war ein heller Juniabend gewesen. Irgendjemand musste doch draußen gewesen sein und gesehen haben, was mit der Frau passiert war. Falls es denn hier passiert war.

„Okay. Dann ist jetzt Türenklingeln angesagt. Ich übernehme die Cafés."

Trine seufzte demonstrativ, aber Georg tat, als ob er nichts gehört hätte.

Am Tresen des Cafés *Oven Vande – Über Wasser* – bestellte er einen Kaffee. Nur ein paar Schlucke später hatte er erfahren, dass hier zur Morgenschicht völlig neues Personal gekommen war und dass die beiden, die das Café heute Nacht zugemacht hatten, erst gegen Abend wieder hier sein würden.

Ordnungshalber fragte er an den Tischen herum, ob jemand der Gäste in der Nacht zuvor hier im Café gewesen war. Die meisten antworteten ihm nur mit einem Kopfschütteln. Eine stillende Mutter schenkte ihm einen ebenso müden wie verständnislosen Blick.

„Was glauben Sie denn?“, fragte sie, bevor Georg zum nächsten Café weitereilte.

Offensichtlich hatte niemand eine blonde Frau in einem blauen Sommerkleid gesehen. Weder auf dem Fußweg am Kanal noch im Wasser treibend.

Nach einem recht kurzen, obligatorischen Jammern über mangelnde Ressourcen stellte ihnen der diensthabende Polizeibeamte ein paar Männer zur Verfügung, die mithelfen konnten, an beiden Seiten des Kanals entlangzugehen und nach dem Portemonnaie oder der Tasche der Frau zu suchen – irgendetwas, das Aufschluss über ihren Namen geben könnte.

Dann überließ Georg Trine und der angerückten Polizeimannschaft Christianshavn, während er selbst das Rechtsmedizinische Institut ansteuerte.

Georg arbeitete schon seit vielen Jahren mit Frederik Melvang zusammen und hatte die Gründlichkeit dieses Mannes zu schätzen gelernt.

Die meisten Kollegen stöhnten, wenn sie sahen, dass Melvang der diensthabende Rechtsmediziner war, denn er war bekannt als Dänemarks größter Pedant: der Mann, der alles dreifach kontrollierte, wo andere Rechtsmediziner sich schlicht damit zufriedengaben, die übliche Prozedur einzuhalten.

Egal, wie irritierend das war, machten Melvang gerade diese Eigenschaften Georgs Meinung nach zum besten Pathologen des Landes.

Und er enttäuschte ihn auch diesmal nicht.

Jedem Idioten wäre die große Brandwunde am rechten Unterarm der Frau aufgefallen. Aber ein Mann wie Melvang war nötig, um die Dinge zu entdecken, die die Frau, die jetzt auf der Pritsche vor ihm lag, von einem gewöhnlichen Ertrinkungsopfer unterschied.

Der Rechtsmediziner winkte Georg zu sich herüber und zeigte mit seinem Silikonhandschuhfinger anklagend auf eine Stelle.

Georg musste die Lesebrille vom Kopf auf die Nase schieben, um es zu erkennen: ein klitzekleines Einstichloch in der Haut der jungen Frau. Ein ganz frisches Einstichloch, das sie sich unmöglich selbst hatte zufügen können. Es befand sich ganz oben an ihrem rechten Schulterblatt.

Der Pathologe zog sein Handy heraus und rief das Labor an, wo schon die Blutproben eingetroffen waren

„Melvang hier. Ihr müsst noch einen Test für mich durchführen. Und es ist eilig."

„Was hast du gefunden?", fragte Georg, nachdem Melvang das Telefonat beendet hatte.

„Ein Einstichloch", sagte Melvang.

„Ja, das hast du mir gezeigt. Ich meine, was glaubst du, was das sein kann?"

Melvang starrte Georg ungläubig an.

„Guldmann. Wie lange arbeiten wir jetzt schon zusammen?"

Georg überlegte.

„Hm. Vielleicht so um die elf Jahre."

Melvang wiegte den Kopf ein wenig hin und her, so, wie man es tut, wenn man vollkommen selbstverständliche Fakten noch einmal ganz von vorne erklären muss.

„Es sind genau elf Jahre, drei Monate und zwei Tage. Aber wie auch immer. Mein Punkt ist: Habe ich in all dieser Zeit jemals den Ergebnissen vorgegriffen, bevor meine sehr kompetenten Kollegen im Labor ihre Arbeit erledigen durften?"

Georg senkte den Blick und schüttelte den Kopf, während er daran dachte, warum sich seine Kollegen mit Melvang so schwertaten.

„Wann rechnest du mit Ergebnissen?"

Melvang sah ihn wieder an.

„Das kommt darauf an, wie eilig es ist. Ich könnte trotz Wochenende extra Personal einbestellen. Aber du weißt, das kostet."

Seit der Reform, die festgelegt hatte, dass die Polizei die Dienste der Rechtsmediziner bezahlen muss, musste ein Polizist zu Fragen wie dieser Stellung beziehen. Wie sehr eilt ein toter Mensch? Georg empfand es oft als ein geschmackloses Kalkül, wenn man buchstäblich eine Leiche auf dem Tisch liegen hatte. Er kratzte sich am Nacken.

Im Prinzip deutete nichts zwingendermaßen auf eine Tötung hin. Der Einstich könnte von einer Impfung stammen. Wenn er bloß einen Namen gehabt hätte, wäre es die einfachste Sache der Welt gewesen, bei ihrer Arztpraxis nachzufragen.

„Wie schnell wirst du die Ergebnisse bekommen?"

Melvang rechnete schnell im Kopf nach.

„Montagvormittag, falls wir das Wochenende nutzen. Nach 11 Uhr, aber vor 13 Uhr."

„Gut, dann machen wir es so."

„Ausgezeichnet", sagte der Rechtsmediziner und machte damit weiter, die Frau akribisch zu untersuchen.

Er studierte das Brandmal mit einer Lupe. Machte ein paar Fotos, überspielte sie auf seinen Laptop und öffnete eine Seite mit Bildern von Hautkrankheiten, die Georg nicht mal seinem schlimmsten Feind wünschen würde. Melvang scrollte unbeeindruckt durch sieben, acht Seiten mit Fotos, bevor er plötzlich stoppte.

„Ja! Ich wusste es."

Georg trat näher heran und setzte die Brille wieder auf. Melvang zeigte auf eine Brandwunde, die der der Frau glich.

„Das ist von einer Konferenz in Chicago, auf der ich letztes Jahr war. Mein Kollege Miles Kowalski sammelt Brandwunden. Diese hier stammt von Dampf. Also keinem direkten Kontakt."

„Und du meinst, so eine hat die Frau hier?"

„Ich muss das Ganze genauer untersuchen. Aber die Wahrscheinlichkeit ist groß", sagte Melvang.

Er wandte sich wieder dem Arm der Frau zu und untersuchte ihn gründlich.

„Interessant."

„Was?"

„Es haben sich keine Blasen gebildet. Dazu ist es nicht gekommen, bevor sie gestorben ist, also hat sie sich kurz vorher verbrannt."

„Hast du irgendwelche Vermutungen, was die Wunde verursacht haben kann? War es ein Unfall, oder kann jemand anderes sie ihr zugefügt haben?"

Melvang zuckte mit den Schultern.

„Im Moment kann ich nur raten. Es kann ein Unfall gewesen sein. Es kann sein, dass jemand sie geschubst hat oder ihren Arm an eine Wärmequelle gehalten hat. Ich muss sie in ein paar Tagen noch mal anschauen, um zu sehen, ob blaue Flecken aufgetreten sind."

Georg hatte keine andere Wahl, als Melvang in Ruhe mit der Leichenschau weitermachen zu lassen. Er versuchte, seinen Ärger darüber beiseitezuschieben, dass er nicht wusste, wer die Frau war. Früher oder später würde er den Namen des hübschen jungen Gesichts erfahren, und dann würde es leichter werden, den Faden zu finden, an dem er anfangen könnte zu ziehen, um den Handlungsverlauf zu entwirren.

Seine Gedanken wurden von dem klirrenden Geräusch von Metall auf Metall unterbrochen.

„Ein Ring. Weißgold. Initialen A.F.", stellte Melvang fest.

Jetzt hatte er einen Anfang.

Das Handy vibrierte. Georg stellte immer den Ton aus, wenn er in der Rechtsmedizin war. Es schien ihm irgendwie respektlos, einen Gitarrenriff durch den Keller ertönen zu lassen. Aus demselben Grund trat er in den Flur hinaus, um Trine zurückzurufen.

„Was gibt's? Hast du etwas gefunden?"

„Nein. Eine Gerda Rasmussen in der Nummer 42 hat etwas gehört, was sie als eine Horde Fußballrowdys bezeichnete, so um halb drei. Sie hat aus dem Fenster geschaut, aber kann keine Beschreibung abgeben, außer dass sie eventuell blaue Trikots anhatten. Ich bin dabei zu klären, ob es irgendwelche Überwachungskameras gibt, die wir überprüfen können."

Georg seufzte.

„Das ist alles?"

„Hm. Der Wachhabende hat versucht, dich zu erreichen. Er weiß ja, dass du bei Melvang bist, aber er hat gesagt, dass du ihn anrufen sollst, wenn du draußen bist."

„Hat er gesagt, warum?"

„Nein."

Georg rief den wachhabenden Polizeibeamten zurück, der ihn direkt zu Malte Svendsen durchstellte, dem Neuzugang der Abteilung, der Telefondienst gehabt hatte.

„Also, ich habe gehört, dass du für den Fall mit der jungen Frau im Kanal zuständig bist."

„Ja."

„Und ich weiß natürlich nicht, ob es was damit zu tun hat, aber ich habe einen Anruf von einer Ann-Charlott Danielsen bekommen."

„Ja?", sagte Georg und versuchte, die Ungeduld in seiner Stimme zu verbergen.

„Es ist so, sie wollte anrufen, um eine Freundin als vermisst zu melden. Und es war auch irgendwas mit einem Handy, was ich nicht ganz verstanden habe."

„Okay. Hast du eine Personenbeschreibung bekommen?"

„Ja. Sie ist circa eins siebzig groß, normaler Körperbau. Helles Haar. Blaue Augen."

„Und was hatte sie an?"

„Das wusste die Freundin nicht. Da war nur irgendwas, dass sie nicht zu einer Verabredung aufgetaucht ist. Sie wirkte ziemlich aufgeregt deswegen."

„Und wie ist jetzt der Stand der Dinge?"

„Na ja, ich habe ihr gesagt, dass sie 24 Stunden warten muss, bis wir irgendetwas in die Wege leiten können. Dass sie gern wieder anrufen kann."

Es war nicht so, dass Malte dem üblichen Prozedere nicht vollkommen korrekt gefolgt war. Aber es war genau diese Art von Obrigkeitsdenken der Jugend, die Georg zur Verzweiflung brachte.

„Okay, Malte", sagte er mit erzwungener Ruhe, „dann wollen wir mal hoffen, dass sie wieder anruft."

„Ja, ansonsten kannst du sie ja auch zurückrufen. Ich habe ihre Nummer und alles Mögliche notiert. Sie wohnt im Blegdamsvej. Ich schicke dir gleich eine SMS mit den Kontaktdaten."

Plötzlich sah es doch gar nicht mehr so düster aus mit der Jugend.

Georg entschied sich, das Auto stehen zu lassen und den kurzen Weg zu Ann-Charlotts Adresse gegenüber des Panum Instituttet – der Fakultät für Gesundheits- und Medizinwissenschaften der Universität Kopenhagen – zu

Fuß zu gehen. Im Hauseingang fand er die Klingel mit dem Namen Danielsen. Vierter Stock ohne Fahrstuhl, stellte er seufzend fest.

Sie drückte auf den Türöffner, ohne zu fragen, wer geklingelt hatte, und höflichkeitshalber hielt er im dritten Stock inne, um kurz seinen keuchenden Atem in den Griff zu bekommen. Es ist eine Sache, einem fremden Mann die Tür zu öffnen. Eine andere, die Tür für einen Mann zu öffnen, der so abgehetzt stöhnt, dass er keine Luft übrig hat, um sich vorzustellen.

Die Tür war hellgrau, und Ann-Charlott öffnete sofort. Ihre Augen waren rot und verweint. Im Arm hielt sie eine getigerte Katze.

Georg stellte sich vor und zeigte darüber hinaus seine Kriminaldienstmarke.

„Ich dachte, ich könnte es erst morgen melden", sagte sie verwirrt und wies ihm den Weg in eine ordentliche, kleine Küche mit gelbgestrichenen Wänden und einem Plakat für *OTA Solgryn* Haferflocken.

Georg setzte sich schwerfällig an den Küchentisch, während sie Wasser für den Nescafé aufsetzte, der in Dänemark gern getrunken wird. Der Kriminalkommissar ließ die Eindrücke auf sich wirken. Ihre Bewegungen waren nervös und vorsichtig. Ein bisschen wie die Katze, die von ihrem Arm gehüpft war und jetzt auf einem Sofa im angrenzenden Wohnzimmer lag und Georg misstrauisch beobachtete.

„Okay, Ann-Charlott", sagt er dann, „ich würde gern wissen, wen Sie als vermisst melden wollen."

Sie sah aus, als könnten jeden Moment wieder die Tränen rollen. Nur eine einzige Träne entschlüpfte ihr, bevor sie sich zusammennahm.

„Meine Freundin Amalie Frederiksen."

Das passte zu den Initialen in dem Ring.

„Und wie kommt es, dass Sie sie als vermisst melden?"

Ann-Charlott machte eine kurze Pause, bevor sie ihre Gefühle in den Griff bekam.

„Weil ich heute Geburtstag habe."

Georg sah sich unauffällig um. Es gab keine Anzeichen von Festlichkeiten.

„Wir feiern immer zusammen Geburtstag, und sie hat sich von der Arbeit freigenommen, damit wir in den Tivoli gehen können. Das ist unsere Tradition, seit wir Teenager sind. Wir wollten uns um acht Uhr morgens zum Kaffee treffen, aber sie ist nicht aufgetaucht."

„Und Sie haben sicher versucht, sie anzurufen?"

„Unzählige Male. Sie nimmt nicht ab. Man kommt direkt zur Mailbox. Als ob das Handy völlig tot ist."

„Wie kommunizieren Sie sonst noch mit ihr? Über Facebook? Haben Sie da geschaut?"

Ann-Charlott nickte.

„Sie hat seit gestern Nachmittag nichts mehr gepostet, und im Chat ist sie nicht online. Es ist einfach nicht typisch für Amalie, nicht zu antworten oder nicht zu einer Verabredung zu kommen. So ist sie nicht."

Georg nickte ernst.

„Haben Sie ein Foto von Amalie?"

Ann-Charlott ergriff ihr iPhone, das auf dem Küchentisch lag, und öffnete ein Foto. Auf dem Bildschirm erschien ein Selfie von zwei jungen Frauen, im Hintergrund das Meer. Beide mit strahlendem Lächeln.

Links von Ann-Charlott stand die Frau, die Georg eben gerade auf einem Tisch in der Rechtsmedizin zurückgelassen hatte. Daran bestand kein Zweifel.

„Wir müssen befürchten, dass ihr etwas zugestoßen ist. Haben Sie die Nummer ihrer nächsten Angehörigen?"

Sie fand sie schnell in ihrem Handy.

„Ja. Ich habe sie vorhin angerufen, aber sie sind nicht rangegangen. Ich glaube, sie arbeiten. Ihr Vater heißt Arne und ihre Mutter Katrine. Sie haben ein Café in der Nähe von Dragør. *Flyvefisken – Zum fliegenden Fisch.*"

Georg kannte den kleinen Küstenort an der Südspitze der Insel Amager gut. Es würde eine knappe halbe Stunde dauern, dort hinauszufahren. Das musste höchste Priorität haben. Die Familie zu benachrichtigen und die formelle Identifikation zu erledigen.

Er machte einen Ansatz, aufzustehen.

„Danke, Ann-Charlott. Wir würden gern später noch mal mit Ihnen sprechen, aber ich muss jetzt erst mal mit der Familie Kontakt aufnehmen. Wir melden uns bei Ihnen."

Er ging in den Flur und stolperte fast über die Katze, die ihm um die Beine strich, obwohl er sie nicht im Geringsten dazu aufgefordert hatte.

Ann-Charlott folgte ihm, und Georg fiel plötzlich auf, dass eins an der ganzen Sache komisch war.

„Sagen Sie, warum haben Sie sie so schnell als vermisst gemeldet? Sie müssen spätestens um zwölf angerufen haben. Das waren nur vier Stunden, nachdem Sie zum Kaffee verabredet gewesen waren. Das ist nicht lang."

Ann-Charlott starrte ihn an, als ob er überhaupt nichts kapierte.

„Na, das habe ich doch erklärt, als ich angerufen habe. Das mit dem Handy. Er hat versprochen, sich die Sache näher anzuschauen, der, mit dem ich geredet habe."

„Das tun wir ja jetzt. Was war mit dem Handy?"

Ann-Charlott öffnete ihre Mailbox und erklärte, dass sie um sieben Uhr aufgestanden war und eine Nachricht von Amalie vorgefunden hatte.

„Ich fand es etwas merkwürdig, dass sie mich nachts um halb eins angerufen hat, aber in der Nachricht hört man keine Stimme. Nur ihren Atem. Als ob das Handy von selbst in ihrer Tasche angerufen hat."

„Darf ich hören?"

Ann-Charlott stellte das Handy auf Lautsprecher. Sie standen sich ganz still gegenüber, während sie dem raschelnden Geräusch eines Telefons und Amalies Atem lauschten, der schneller und schneller wurde. Als ob sie lief oder sehr schnell ging.

„Haben Sie es bis zum Schluss abgehört?", fragte Georg.

„Nein. Ich habe nach einer Minute aufgelegt, glaube ich. Es ging immer so weiter. Aber ich dachte, es ist vielleicht gut, es aufzuheben."

Die Aufnahme lief weiter. Amalie atmete immer flacher. Gepresst.

Zehn Sekunden, bevor die Aufnahme endete, konnte man plötzlich eine Frauenstimme hören. Sie klang wie durch Watte, als ob sie von weit weg kam.

„Nein … Hilfe", sagte die Stimme.

Mehr Rascheln. Das Geräusch von fließendem Wasser. Und dann Schweigen. Ann-Charlott starrte entsetzt auf ihr Handy und dann zu Georg.

„War das Amalies Stimme?", fragte er.

Sie nickte.

Kapitel 2
Der Koch und der Kommissar

Georg nahm Trine mit nach Dragør.

Während er das Auto fuhr, nutzte sie die Zeit, um Fakten über Familie Frederiksen zu finden, und fütterte ihn mit Informationen.

„Sie betreiben den *Fliegenden Fisch* seit sieben Jahren. Kommen aus Helsingør. Es gibt noch einen Sohn. Er wohnt anscheinend in den USA. Architekt."

Er hörte kaum zu. Egal, wie man versuchte, die Nachricht zu verpacken, gab es eigentlich keine richtige Art, sie zu überbringen. Nichts, was man sagen konnte, um die brutalen Worte abzumildern: Ihre Tochter ist tot.

Sie bogen in einen Schotterweg am Wasser ein und wurden von einer lächelnden Frau in Empfang genommen, die sie in ein helles Lokal mit Aussicht über den Øresund und den menschengefüllten Strand hineinbat.

Georg fragte nach ihrem Namen, und als klar war, dass sie mit Katrine Frederiksen sprachen, fragte er auch nach ihrem Mann.

Sie holte ihn aus der Küche, wo er offensichtlich gerade am Backen war. Arne Frederiksen hatte die Arme immer noch voller Mehl, und Georg dachte, dass dieses Brot wohl niemals fertig gebacken werden würde.

Arne Frederiksen war ein großer Mann mit kantigem Gesicht und Händen wie Schaufeln.

„Worum geht es?", fragte er, offensichtlich gereizt davon, in seiner Arbeit unterbrochen zu werden.

Erst jetzt stellte Georg sich und Trine vor.

„Haben Sie einen Raum, wo wir ein bisschen ungestört sein können?"

Katrine Frederiksen wurde blass und griff nach dem Arm ihres Mannes.

„Was ist passiert? Ist irgendwas mit Jens oder Amalie?"

Arne Frederiksen wies auf eine Tür, und bald standen sie in einem Lagerraum. Zwischen Eimern mit Ketchup, Säcken voller Zwiebeln und Kartoffeln.

Georg sprach die Worte aus: „Ihre Tochter ist tot."

Katrine presste die Hände vor den Mund und schloss die Augen. Ihr Mann stand da und schwankte, als ob er einen Knockout bekommen hätte und der Körper abwägte, zu welcher Seite er fallen sollte.

„Nein", flüsterte Katrine und sah Georg flehend an.

Er hielt ihrem Blick stand. Gab ihr Zeit, die fürchterliche Wahrheit zu erfassen.

„Sind Sie sicher? Ich meine, es könnte doch ein Fehler sein. Vielleicht ist sie es nicht", überlegte Arne. Seine Stimme war belegt.

„Ich würde gern einen von Ihnen mitnehmen, um sie zu identifizieren. Kann sich jemand so lange um das Café kümmern?"

Es schien, als ob Katrine sich zusammennahm.

„Ruf Alberto an. Wir kommen beide mit. Vielleicht ist sie es nicht", sagte sie mit Hoffnung in der Stimme.

Georg widersprach ihr nicht.

Arne zog sein Handy aus der Schürzentasche und berichtete Alberto kurz, dass es einen plötzlichen Notfall in der Familie gab.

„Er ist in fünf Minuten hier. Er wohnt gleich da drüben auf der anderen Straßenseite", erklärte Arne.

Im Café saßen die Gäste und plauderten, lachten und genossen ihren Samstagnachmittag wie in einem parallelen Universum.

Kurz darauf ging Trine hinaus und gab der Rechtsmedizin Bescheid, dass die Eltern auf dem Weg seien.

Georg fuhr, und Katrine setzte sich neben Trine auf die Rückbank.

„Ich glaube nicht, dass sie es ist. Sie hat uns ja gerade erst vorgestern angerufen. Wir treffen uns nächstes Wochenende", versuchte sich Katrine zu beruhigen.

Arne starrte leer durch die Windschutzscheibe, ohne zu antworten. Er hatte nicht daran gedacht, die Schürze abzunehmen, stellte Georg fest.

Der Raum für Angehörige lag direkt links hinter dem Eingang. Es war das Erste, was man sah, wenn man das Rechtsmedizinische Institut betrat. Georg klopfte an die

Tür, und eine Assistentin ließ sie herein. Sie trug einen weißen Kittel und hatte eine ernste Miene aufgesetzt. Sie hatte dies schon so viele Male gemacht.

Leise erklärte sie den Eltern den Ablauf. Dass die Leiche auf einer Bahre liege und zugedeckt sei, sodass man nur das Gesicht sehe.

„Sie liegt hinter der Fensterscheibe. Wenn Sie bereit sind, ziehen Sie den Vorhang hier zur Seite. Nehmen Sie sich so viel Zeit, wie Sie brauchen", sagte sie und zeigte auf eine weiße Schnur.

Arne hob mehrmals den Arm, um den grauen Stoff zur Seite zu ziehen, aber mitten in der Bewegung war es, als ob seine Hand sich nicht weiter heben konnte und wieder schwer nach unten fiel.

Am Ende war es Katrine, die mit einem Ruck an der Schnur zog. Sie ließ sie nicht los, sondern stand nur da und schaute ihre Tochter an, während die Tränen ihr die Wangen herunterrollten.

„Ja. Das ist sie. Das ist meine Amalie", sagte sie schließlich. „Was ist mit ihr passiert? Was ist mit meinem Mädchen passiert?"

Trine führte sie behutsam aus dem Raum, während Georg Arnes Blick suchte. Der Vater war ganz an die Scheibe herangetreten und stand dort mit beiden Handflächen am Glas. Unbeweglich. Es war, als ob jemand die Nervenenden durchgeschnitten hatte, die sein Gesicht zusammenhielten.

Als der Kommissar ihn am Arm fasste, zuckte er zusammen.

Es war schon halb acht, als Georg zu Hause in der Einfahrt parkte. Er blieb einen Moment im Auto sitzen und ließ die letzten Stunden Revue passieren, in denen er mit Amalies Eltern in ihrem Reihenhaus in Søvang gesessen hatte.

Vorsichtig hatte er sie mit Trines Hilfe durch die Abgründe des Schocks geleitet und sich zu den verstreuten Informationen herangetastet, die dazu beitragen konnten, sich ein Bild davon zu machen, wer Amalie gewesen war und wer sie in dieser Nacht verfolgt haben könnte.

„Ist sie oft ausgegangen?", fragte Trine.

Katrine hielt ein Stück tränendurchtränktes Küchenpapier in den Händen, das sie in kleine Stücke riss und zu Kügelchen formte.

„Nein. Sie arbeitet ja abends meistens."

„Was hat sie gemacht?"

„Sie macht eine Ausbildung zur Köchin. Im Restaurant *Sølvstenen*", erklärte Arne.

Keiner der beiden war schon bereit, in der Vergangenheitsform von ihrer Tochter zu reden.

Georg machte sich Notizen.

„Hat ihr die Arbeit gefallen?"

Beide nickten.

„Sie ist sehr stolz, dort ihre Lehre zu machen."

Georg hatte dort einmal mit Astrid zur Feier ihres Hochzeitstags gegessen. Das Essen war ausgezeichnet gewesen, die Rechnung astronomisch.

„Eine Beziehung?"

Arne zuckte mit den Schultern.

„Zurzeit nicht", fügte Katrine hinzu.

„Aber es gab jemanden?"

„Ja. Michael. Ich glaube, er kam aus Kolding. Schmied. Aber sie haben sich letzten Sommer getrennt."

„Wer hat Schluss gemacht?"

„Ich glaube, er. Ging wohl darum, dass er eine Weltreise mit dem Motorrad machen wollte."

„Haben Sie den Nachnamen? Eine Telefonnummer?"

Katrine sah zu ihrem Mann hinüber.

„Kannst du dich erinnern?"

„Vestbjerg oder Vestergård. Oder so ähnlich. Wir haben ihn nur ein paarmal getroffen."

Viel mehr hatten sie nicht erfahren. Georg hatte Amalies Personennummer per SMS an Melvang geschickt, damit er am Montag ihren Hausarzt kontaktieren und herausfinden konnte, ob sie geimpft worden war.

Nach der Identifikation durch die Eltern hatte er Trine zu Ann-Charlott geschickt, um ihr die traurige Nachricht zu überbringen, dass sich ihre allerschlimmste Vorahnung bewahrheitet hatte. Er entschied, dass er noch einmal mit ihr sprechen musste. Die wenigsten jungen Mädchen teilten die interessanten Details ihres Lebens mit den Eltern.

Mit einem Seufzen stieg er aus dem Auto und schloss die Tür auf. Astrid war in der Oper, sie hatte ihm einen Zettel hingelegt, dass fertiges Abendessen im Kühlschrank stand.

Sein Herz sank, als er die große Glasschüssel mit Bulgur im mittleren Fach thronen sah. Garniert mit Tomaten und Petersilie und ein paar sehr wenigen Stücken Hähnchenfilet. Er holte die Bratpfanne heraus und stellte ein paar Minuten später fest, dass mit ein bisschen Ketchup und ein paar Spiegeleiern sogar Bulgur herunterzukriegen war.

Dann räumte er seinen Teller weg, nahm sich ein kühles Bier und setzte sich bei Dämmerlicht in den Garten, um auf Astrid zu warten.

Georg Guldmanns Bauchgefühl sagte, dass es sich um Mord handelte. Man konnte es Instinkt nennen, nervöse Energie oder vielleicht einfach Erfahrung aus fast zwölf Jahren als Mordermittler. Er war immer gespalten, wenn er loslegen und einen Täter finden sollte. Jedes Mal empfand er Trauer darüber, dass ein Leben gewaltsam beendet worden war. Ein schlimmeres Verbrechen kannten weder Strafgesetzbuch noch Bibel. Aber es gab auch immer einen Teil von ihm, der die Jagd an sich genoss – es genoss, die kleinen Puzzleteile zusammenzufügen und einen Täter zu finden. Dafür zu sorgen, dass die Gesellschaft am Ende die unverzeihliche Tat bestrafte, die es war, jemandem das Leben zu nehmen. Es war nie der Mord selbst, der ihm schlaflose Nächte bescherte. Die Brutalität war oft banal. Was Georg dazu bringen konnte, sich noch weit nach Mitternacht im Bett herumzuwälzen, waren die wenigen Täter, die er nicht in die Finger bekommen hatte.

Er gab sich selbst das Versprechen, dass es diesmal nicht so kommen würde. Aber um zu verstehen, wer Amalie getötet hatte, war er gezwungen, sie sehr viel besser kennenzulernen. Er rief das Restaurant *Sølvstenen* an und kündigte an, am nächsten Vormittag dort vorbeizukommen.

Amalie hatte den Großteil ihrer wachen Stunden bei der Arbeit in der Küche des exklusiven Restaurants zwischen Opernhaus und Christianshavn verbracht.

Der Küchenchef hatte Georgs Besuch zugestimmt. Aber als der Kriminalkommissar am Sonntagvormittag schließlich in der Küche stand, war es nicht leicht, Lars Strands guten Willen zu erahnen. *Sølvstenen* war mittendrin, sich für den großen Frühstücks-Ansturm vorzubereiten, und der Küchenchef ließ Georg warten, während er mit einem Saucenchef die Saucen diskutierte.

Georg nutzte die Zeit, um sich umzusehen.

Fünf Leute befanden sich in der Küche, und alle waren konzentriert über ihre Arbeit gebeugt, während die Melodie von Queens *Bohemian Rhapsody* in die Küche drangen.

Lars Strand war anscheinend endlich mit den Saucen fertig und schenkte Georg nun seine volle Aufmerksamkeit.

„Entschuldigung. Hier ist es heute besonders stressig. Eine Mitarbeiterin ist nicht aufgetaucht."

Georg neigte zustimmend den Kopf.

„Worum geht es denn?", fragte Lars Strand.

Der Kommissar zeigte auf einen kleinen verglasten Raum am Ende der Küche.

„Könnten wir dort hineingehen?", fragte er.

Lars Strand nickte. Seine Ärmel waren hochgerollt, und Georg bemerkte einen feuerspeienden Drachen auf einem seiner Arme. In der Tat der gleiche Arm, an dem Amalie verbrannt worden war. Dieselbe Stelle.

In dem Glaskabuff standen ein Computer auf einem mikroskopisch kleinen Schreibtisch und ein Bürostuhl mit einer weißen Küchenjacke über der Rückenlehne. Der Rest des Tisches war übersät mit Unterlagen, Rechnungen und handgeschriebenen Zetteln mit Aufschriften wie „Schweinebacke mit Morcheln“ und „Seeteufel mit Bärlauch“.

„Stimmt es, dass Sie eine Mitarbeiterin namens Amalie Frederiksen haben?“, fragte Georg.

„Ja. Sie ist es, die heute nicht zur Arbeit gekommen ist. Ich habe fünfzehnmal angerufen, aber ihr Handy ist aus. Ist sie in Schwierigkeiten?“, erkundigte sich Lars Strand überrascht.

Georg hatte gelernt, dass es sich nie auszahlte, die Dinge zu beschönigen.

„Das kann man so sagen. Sie ist tot.“

Der Koch riss die Augen auf.

„Tot?“

„Ja.“

„Wie?“

„Das wissen wir noch nicht, aber es wäre mir eine Hilfe, mit Ihrem Personal zu reden. Ich muss Amalies Weg in der Nacht zum Samstag nachzeichnen, und ich würde auch gern mit Ihnen darüber sprechen, wie sie war.“

„Das ist ja furchtbar. Amalie war eine sehr vielversprechende Köchin. Sie war gerade von einem Wettbewerb mit dem Nationalteam zurückgekommen. Ich hatte vor, ihr eine Festanstellung zu geben, sobald sie mit der Ausbildung fertig ist.“

Lars Strand holte tief Luft.

„Natürlich helfen wir, wie wir nur können. Ist es in Ordnung, wenn ich es dem Personal selbst mitteile?“

Georg nickte und trat zur Seite, sodass Lars Strand aus dem kleinen Glaskabuff kommen konnte.

Die Küche wurde mit militärischer Präzision geführt, stellte er fest. Es brauchte nicht mehr als ein kurzes Pfeifen von Lars Strand, damit alle in ihrer Arbeit innehielten und ihm ihre volle Aufmerksamkeit schenkten.

„Leute. Ich habe eine furchtbare Nachricht. Amalie ist tot.“

Georg beobachtete aufmerksam das Personal, als der Küchenchef des *Sølvstenen* die traurige Neuigkeit überbrachte.

Ein Muskelpaket mit Zorro-Schnurrbart am Grill brach sofort in Tränen aus. Ein etwas molliges junges Mädchen, die dabei gewesen war, Erdbeeren zu schneiden, keuchte vor Entsetzen. Und es war, als ob aus dem Gesicht des Saucenchefs alles Blut entwich.

Lars Strand sah langsam von einem seiner Mitarbeiter zum anderen.

„Ich erwarte, dass ihr der Polizei jede Hilfe gebt, die sie gebrauchen kann“, sagte er und wies mit der Hand auf Georg.

„Oui, Chef“, ertönte es im Einklang.

Georg wählte das Erdbeermädchen als Erste. Sie sah aus, als wäre sie im selben Alter wie Amalie. Er nahm sie mit in das Glaskabuff und schloss die Tür. Sie gab ihren vollen Namen als Helena Mariager an.

„Wie gut kannten Sie Amalie?“

Helena zuckte mit den Schultern.

„Ganz gut.“

„Versuchen Sie, mir ein bisschen über sie zu erzählen. Wie war sie?“

Helena zuckte wieder mit den Schultern. Es war, als ob er Worte einem Stein zu entlocken versuchte.

„Helena, Sie haben jeden Tag viele Stunden mit ihr verbracht. Was fällt Ihnen ein, wenn Sie an Amalie denken?“, sagte er mit seiner allerfreundlichsten Stimme.

Helena räusperte sich.

„Also, ich weiß nicht, was ich sagen soll. Fragen Sie Mikkel. Er kennt sie viel besser.“

„Wer ist Mikkel?“

Sie schaute auf den Boden. Georg setzte seine strenge Miene auf und fuhr fort:

„Ich finde es früher oder später heraus. Aber Sie behindern die polizeiliche Arbeit, indem Sie nicht auf meine Fragen antworten.“

Helena biss sich auf die Unterlippe und machte dann ein Kopfnicken in Richtung der Stelle, wo der Saucenchef gestanden hatte.

„Er ist ihr heimlicher Freund. Sie glauben, dass niemand es herausgefunden hat. Aber ich habe sie zusammen gesehen“, sagte sie.

Georg sah durch die Glasscheibe in die Küche und suchte mit dem Blick nach dem Saucenchef, der in diesem Moment durch die Toilettentür trat. Er war ganz grün im Gesicht und sah aus, als ob er sich übergeben hätte.

„Wie sicher sind Sie sich?"

Helena zögerte.

„Ziemlich."

„Wann haben Sie sie gesehen?"

„Das war am Mittwoch, da war nicht so viel zu tun. Ich durfte früher Feierabend machen, und als ich ging, waren nur noch Amalie und Mikkel in der Küche."

„Und was haben Sie gesehen?", fragte Georg sanft.

„Ich hatte mein Handy vergessen, total dumm. Es lag noch in der Vordertasche meiner Schürze, aber ich habe es fünf Minuten später gemerkt, weil ich gucken wollte, wie spät es ist. Um zu sehen, ob ich den Bus noch krie- ge."

„Und dann sind Sie zurückgegangen?"

Helena nickte.

„Ja. Sie standen im Büro. Hier, wo wir jetzt stehen. Sie sahen aus, als würden sie sich streiten. Mikkel hat sie hart am Arm gepackt."

„Aber warum glauben Sie, dass sie ein Verhältnis hatten? Könnte der Streit nicht irgendwas mit der Arbeit zu tun gehabt haben? Er ist doch ihr Chef, wenn Lars Strand nicht da ist?"

Helena zögerte wieder.

„Ja. Das dachte ich auch erst. Aber dann haben sie sich geküsst."

Georg wartete ab, bis sie weitersprach.

„Er sah so wütend aus, als er sie geküsst hat", sagte Helena schließlich.

„Haben die beiden Sie gesehen?"

„Ich habe mich zum Schrank geschlichen und mir mein Handy geschnappt, dann bin ich wieder gegangen. Ich glaube nicht, dass sie mich gesehen haben."

Georg ließ sie gehen und holte Mikkel.

Er war blass, still und geradezu apathisch, als Georg ihn auf dem Stuhl in dem kleinen Glaskabuff platzierte, wo er, falls man Helena glaubte, vor wenigen Tagen Amalie geküsst hatte.

Der Kommissar ließ ihn kurz schweigend dort sitzen, bevor er damit anfing, seine Personalien aufzunehmen. Personennummer, Adresse und Telefonnummer. Fünfunddreißig Jahre alt, wohnhaft auf Amager. Dunkles, krauses Haar, braune Augen und eine Nase, die gut in eine gallische Küche gepasst hätte.

Georg kannte die traurige Statistik. Egal, wie gut es der Polizei gelang, die Bandenkriminalität und Tötungen im Drogenmilieu zu verringern, gab es eine Gruppe von Gewalt- und Mordopfern, die zu seinem großen Verdruss beinahe konstant war: Gewalt an Frauen durch ihre Allernächsten. Die Liebe verwandelte sich plötzlich in gewaltsamen Hass und wurde zu einem Schnellzug mit defekten Notbremsen.

Schließlich räusperte er sich.

„Mikkel Falsted. Erzählen Sie mir von Amalie."

Der Saucenchef antwortete mit einer Frage:

„Was ist mit ihr passiert?"

Georg schüttelte den Kopf.

„Diese Information kann ich Ihnen im Augenblick nicht geben. Aber ich würde es schätzen, wenn Sie dabei helfen könnten, ein paar Dinge aufzuklären."

Mikkel vollführte ein kleines, kontrolliertes Kopfnicken, aber Georg hatte die pochende Blutader an seiner Stirn und sein nervöses Zwinkern bemerkt.

Georg versuchte es noch mal.

„Erzählen Sie mir von Amalie."

„Sie war Auszubildende hier in der Küche. Wollte im November fertig sein. Fleißig."

„Waren Sie darin involviert, sie anzustellen?"

„Nein. Das war Lars. Lars erledigt immer diese Art Dinge. Sie hatte großes Talent. War für das Nationalteam junger Köche ausgewählt", antwortete Mikkel.

„Wie war sie?"

„Sehr zielstrebig. Sehr kompetent. Arbeitete schnell. Talentiert, wie gesagt."

Es war Georgs Aufmerksamkeit nicht entgangen, dass Mikkel sich ausschließlich über Amalies Geschick als Auszubildende in der Küche geäußert hatte. Er ließ es erst mal darauf beruhen.

„Waren Sie am Freitagabend auf der Arbeit?"

Mikkel nickte kurz.

„Und das war Amalie auch?"

Nicken.

„Wer war sonst noch in derselben Schicht?"

„Lars war bis circa dreiundzwanzig Uhr hier. Helena ist ungefähr gleichzeitig gegangen. Dann war noch Ali am Abwasch. Und die Kellner, natürlich. Thorleif und Alfred."

„Und Amalie?"

„Ja. Amalie und ich."

„Versuchen Sie, mir den Abend zu beschreiben."

Mikkel zuckte mit den Schultern.

„Es war ein ganz normaler Freitagabend. Wir hatten alle Hände voll zu tun, aber immer noch so, dass wir die Lage im Griff hatten.“

„Irgendetwas Besonderes anzumerken?“

Mikkel sah aus, als würde er nachdenken.

„Es kam eine große Gruppe Gäste auf einmal. Norweger, wenn ich mich richtig erinnere. Sie waren um die zwanzig Leute, da mussten wir uns alle richtig ranhalten.“

„Und Amalie, wie war sie an dem Abend? Hat sie den Eindruck gemacht, als würde sie irgendwas beschäftigen? War sie beunruhigt?“

Mikkel schluckte, bevor er antwortete.

„Nee … Also, sie war ganz normal. Vielleicht ein bisschen hektisch, aber das waren wir ja alle.“

„Wann ist Amalie gegangen?“

Mikkel dachte nach.

„Das war wohl recht spät. Vielleicht um Mitternacht, vielleicht Viertel nach, glaube ich.“

„Ist das normal?“

„Für einen Freitag ja. Da sind wir meistens später fertig.“

„Ist sie allein gegangen, oder hat sie jemand abgeholt?“

Wieder eine Pause, in der Mikkel ein Gesicht machte, als würde er schwer nachdenken, doch Georg glaubte nicht, dass er damit jemals einen Schauspielpreis abräumen würde.

„Also, ich war ja voll damit beschäftigt, die letzten Bouillons fertigzukriegen und Sachen für den nächsten

Tag vorzubereiten. Eigentlich glaube ich nicht, dass wir uns richtig Tschüss gesagt haben. Sie hat quasi einfach nur die Schürze abgenommen und ‚bis dann' oder so was in der Art gerufen. Es ist niemand in die Küche gekommen, um sie abzuholen. Aber ob jemand draußen stand und gewartet hat, das weiß ich nicht."

„Haben Sie irgendeine Vermutung, ob Amalie irgendwelche Feinde hat?"

Mikkel sah ihn schockiert an.

„N... nein. Sie war ein nettes Mädchen, jung ... Warum sollte sie Feinde gehabt haben?"

„Nun ja, es ist so, dass jemand sie vor nicht so langer Zeit hier in der Küche in einem Handgemenge gesehen hat."

„Handgemenge?"

Mikkel glich einem großen, einstudierten Fragezeichen.

Georg lenkte um.

„Wie gut kannten Sie Amalie eigentlich, Mikkel?"

Es folgte eine längere Pause, in der Mikkel versuchte, abzuwägen, welche Antwort am günstigsten wäre.

„Ein bisschen", sagte er schließlich.

„Was heißt ein bisschen? Hatten Sie privat Kontakt?"

Mikkel sah ihn an.

„Sie gehen davon aus, dass man ein Privatleben hat, wenn man in einem Restaurant von diesem Kaliber arbeitet?"

„Ja. Irgendeine Form von Privatleben müssen Sie ja wohl haben. Aber dann lassen Sie mich anders fragen:

Haben Sie Amalie irgendwann außerhalb der Arbeit gesehen?"

Die Antwort kam widerstrebend.

„Ja. Ein paarmal. Aber ich würde es sehr schätzen, wenn Sie das Lars Strand gegenüber nicht erwähnen", sagte Mikkel und warf einen nervösen Blick zum Küchenchef herüber, der gerade vier Teller mit etwas anrichtete, was Georg als Kammmuscheln mit irgendeiner Art grünem Schaum identifizierte.

„Und was hatten Sie für eine Beziehung?"

„Beziehung?"

„Ja. Waren Sie mehr als nur Kollegen? Freunde? Geliebte? Warum haben Sie sich getroffen?"

Die Farbe in Mikkels Gesicht wechselte von grünlich zu blass mit knallroten Flecken.

„Na, wir waren Kollegen. Vielleicht dabei, uns anzufreunden. Wir haben nur ein paarmal bei Gelegenheit ein Bier zusammen getrunken. Nichts Besonderes."

„Und da sind Sie ganz sicher?"

„Also, was wollen Sie denn, verdammt noch mal, von mir hören? Amalie hat zu mir aufgesehen, wollte wissen, wie ich an meinen Ausbildungsplatz in Paris herangekommen war. Sie wollte nicht, dass Lars weiß, dass wir uns treffen. Er hatte die Absicht, sie fest anzustellen. Aber Amalie hatte andere Pläne. Sie wollte, dass ich ihr helfe, raus in die weite Welt zu kommen."

Georg versuchte, die Skepsis in seiner Stimme zu verbergen.

„Und haben Sie das getan?"

Mikkel zuckte mit den Schultern.

„Ich habe Marcel angerufen, meinen ehemaligen Mentor in Paris. Er hatte ein paar Optionen. Aber ich hatte keine Gelegenheit, ihr davon zu erzählen. Bevor …“

„Wissen Sie, ob sie eine Beziehung hatte?“

Wieder wurde Mikkel rot. Das Blut schoss ihm bis in die Ohrläppchen.

„Also. Nein. Das glaube ich nicht. Die Küche nimmt ja fast alle Zeit in Anspruch, der Großteil des Lebens passiert hier. Wir sind ab vormittags hier, manchmal noch früher, falls wir zum Gemüsemarkt müssen. Und dann gehen wir erst am späten Abend nach Hause.“

„Aber Sie sind nicht sicher, ob Amalie einen Freund hatte?“, bohrte Georg weiter.

Mikkel schüttelte den Kopf.

„Möglich ist es.“

„Haben Sie irgendeine Idee, wo ich anfangen kann, nach ihm zu suchen?“

„Nee. Da kann ich auch nur genauso raten wie Sie.“

Mikkel machte einen Ansatz, aufzustehen.

„Ist es okay, wenn ich zur Arbeit zurückgehe? Wir haben viel zu tun da draußen.“

„Okay. Nur eine letzte Frage.“

Mikkel war schon halb aufgestanden und sah Georg fragend an.

„Amalie hatte eine Brandwunde am Arm. Haben Sie irgendeine Ahnung, wie sie sich die zugezogen haben kann? Kann es hier in der Küche passiert sein?“

Ein kleiner Atemstoß verriet Georg, dass dies eine Frage war, auf die Mikkel keine große Lust hatte, zu antworten.

„Ich weiß nicht …“

Georg sah ihn fest an.

„Es ist so, Mikkel: Amalie hat die Brandwunde kurz vor ihrem Tod bekommen, und bis jetzt ist diese Küche der letzte Ort, an dem sie gesehen wurde.“

„Ich … ich habe nichts gesehen. Aber es ist natürlich möglich …“

Mikkel suchte nach Worten.

„Kann sie sich hier verbrannt haben, ohne dass Sie es bemerkt haben? Die Küche ist ja nicht besonders groß. Hätten Sie es nicht gehört, wenn so etwas hier passiert wäre?“, fragte Georg.

„Ich habe nichts gemerkt“, sagte Mikkel wieder, stürzte durch die Tür und rüber zu seiner Station in der Küche, wo er versuchte, seine Saucen zu retten.

Georg ließ ihn gehen. Bis auf Weiteres.

Beim Vernehmen des restlichen Personals versuchte er, sich einen Überblick über Amalies letzte Stunden zu verschaffen.

Alle in der Küche waren sehr beschäftigt gewesen und hatten nichts Besonderes bemerkt.

Er ging hinüber ins Restaurant und schnappte sich den Kellner Thorleif, der dabei war, ein Tablett mit Bier und Softdrinks für eine Sechsergruppe vorzubereiten, die an einem Tisch mit Aussicht übers Wasser saß und die Speisekarte diskutierte.

„Also, ich habe mit ihr geredet, so circa eine halbe Stunde, bevor sie gegangen ist. Sie ist rausgekommen, um ein bisschen zu plaudern.“

„Wollte sie irgendwas Bestimmtes?"

Thorleif zögerte ein wenig.

„Tja. Sie wollte fragen, ob ich ihr fünfhundert Kronen leihen könne. Sie war ein wenig in der Patsche. Irgendwas mit einer Vereinbarung, aus der nichts geworden war."

„Eine Vereinbarung?"

„Mehr hat sie nicht gesagt. Aber offensichtlich eine Vereinbarung, an der sie hätte Geld verdienen können", meinte Thorleif und schob sich mit dem vollen Tablett an Georg vorbei, der wartete, bis der andere zurückkam.

„Haben Sie ihr das Geld geliehen?"

Thorleif zupfte sich ein wenig am Schnurrbart.

„Ja, das habe ich. Aber ich hatte nur dreihundert. Die hat sie bekommen."

„Sie hat nichts darüber gesagt, was sie damit machen würde?"

Er schüttelte den Kopf.

„Haben Sie ihr schon mal Geld geliehen?"

„Ein paarmal. Sie hat es mir meistens ziemlich schnell zurückgegeben."

„Hatten Sie privaten Kontakt?"

„Nicht wirklich. Wir haben ein paarmal zusammen auf dem Streetfood-Markt der Papirøen gefrühstückt, wenn wir freihatten."

„Wissen Sie von irgendwelchen Feinden?"

Thorleif lehnte sich auf die Bar und brachte ein Tablett mit Biergläsern zum Klirren.

„Nee. Sie war sehr umgänglich."

„Ich muss Sie das fragen: diese Geschichte mit dem Geld. Hat sie Drogen genommen?“

„Das kann ich mir nicht vorstellen“, sagte Thorleif mit erzwungener Ruhe.

Georg entschied sich, erst einmal nicht weiter nachzubohren. Die Obduktion würde zeigen, ob sie etwas im Blut hatte, was dort nicht hingehörte.

„Eine letzte Sache: Haben Sie eine Brandwunde an ihrem Arm gesehen?“

Thorleif überlegte einen Augenblick und schüttelte dann den Kopf.

„Nope. Und die Ärmel ihrer Kochjacke waren bis zu den Ellbogen hochgekrempelt, also wäre mir das aufgefallen.“

Kapitel 3
GEHEIMNISSE

Wie versprochen rief Melvang am Montagvormittag bei Georg im Büro an, um ihm die ersten Ergebnisse mitzuteilen. Er betonte, dass diese nur vorläufig waren und dass er erst nach der eigentlichen Obduktion mit größerer Sicherheit würde Schlüsse ziehen können.

Georg kannte die ganze Leier von früheren Fällen und wusste auch, dass es völlig sinnlos wäre, zu versuchen, Melvang davon abzuhalten, all seine Vorbehalte durchzugehen. Es war sein Ritual, und nichts konnte diesen Mann dazu bringen, die vorläufigen Ergebnisse mitzuteilen, bevor er nicht seine Sprüche heruntergeleiert hatte.

„Es handelt sich um eine zweiundzwanzigjährige Frau. 171 Zentimeter groß, zart gebaut, aber muskulös. Über die Brandwunde haben wir gesprochen. Jetzt, nachdem sie eine Weile gelegen hat, sind blaue Flecken zu sehen. Jemand hat sie sehr hart am Arm gefasst und vermutlich über Dampf gehalten. Es muss extrem schmerzhaft gewesen sein“, sagte Melvang.

„Also Gewalt?“

„Es ist kaum anders zu deuten.“

„Und gibt es etwas Neues aus dem Labor?“

„Das kann man wohl sagen“, sagte Melvang und machte eine lange Kunstpause, während er in seinen Papieren blätterte.

„Sie hatte kurzwirksames Insulin im Blut.“

„Okay, ist das wichtig?“

„Ich habe bei Amalies Arzt nachgefragt. Sie hatte keinen Diabetes.“

„Was bedeutet das?“

„Wenn man keinen Diabetes hat, kann es gefährlich und im schlimmsten Fall tödlich sein. Man fühlt sich sehr schnell schlecht und schwummrig. Sie hat es direkt ins Blut bekommen, also mit einer Spritze. Das deutet auf Mord hin. Und du bist vermutlich auf der Suche nach einem Täter mit Zugang zu Insulin“, fasste Melvang seine Einschätzung zusammen.

Ihr Liebhaber Mikkel? Insulin? Georg schrieb auf eine neue Seite des Notizbuches.

„Eine Vermutung über den Zeitpunkt ihres Todes?“

„Jetzt nötigst du mich. Ich kann nicht präziser sein, als dass es nach Mitternacht war und vermutlich vor etwa vier bis fünf Uhr. Morgen weiß ich mehr, wenn wir die formelle Obduktion durchgeführt haben.“

Georg blätterte in dem Notizbuch ein paar Seiten zurück. Der Hosentaschenanruf an Ann-Charlott war von 00:33 Uhr.

„Wusste der Arzt etwas über den Einstich in der Schulter?“

„Nein. Ich habe auch beim Seruminstitut nachgefragt. Für den Fall, dass sie Reisepläne hatte und sich dort hat impfen lassen. Dort ist sie aber auch nicht gewesen."

„Was hältst du von dem Ganzen?", fragte Georg, ohne vorher nachzudenken.

„Ich halte überhaupt gar nichts. Ich führe eine Obduktion durch. Morgen um zehn Uhr. Ich rechne mit dir", sagte Melvang und legte auf.

Trine stand neben ihrem Schreibtisch und war damit beschäftigt, eine Karte vom Hafenviertel an einer Pinnwand zu befestigen, wo auch zwei Fotos von Amalie hingen. Die Kopie eines Fotos, das sie von den Eltern bekommen hatten, und ein anderes, das die Spurensicherung gemacht hatte, nachdem sie an der Sankt Annæ Gade aus dem Wasser gezogen worden war.

Ihr gegenüber saß Erik Falk, der am Montagmorgen mit ins Team geholt worden war. Er hatte damit angefangen, bei Dänemarks Meteorologischem Institut einen Experten für Gezeiten ausfindig zu machen, um herauszufinden, wie der Wasserstrom sich Freitagnacht verhalten hatte, mit dem Ziel, sich so ein genaueres Bild machen zu können, wo Amalie ins Wasser gefallen oder gestoßen worden war.

Georg hatte schon öfter mit Falk zusammengearbeitet und schätzte seine etwas unkonventionelle Einstellung zur polizeilichen Arbeit. Der Kollege war nicht der große Methodenreiter, sondern eher derjenige, der die unerwartete Idee beisteuerte, die merkwürdige Spur, die plötzlich ganz neue Möglichkeiten auftat. Meistens endeten Falks Ideen in Sackgassen, aber wenn sie das nicht taten, konnten sie Gold wert sein. Und außerdem fand es Georg sehr unterhaltsam, dass Falk, obwohl er inzwischen dreifacher Familienvater war, stets an seiner großen Leidenschaft sowohl für die Oper als auch für die psychedelische amerikanische Band Grateful Dead festhielt. Täglich zitierte er die ein oder andere Weisheit aus der enormen Backlist der Band. „Some people look for answers, some people look for a fight" – „einige Leute suchen Antworten, andere Streit" – schien zurzeit ein Favorit zu sein.

Georg entschied, Falk mit in Amalies Wohnung zu nehmen. Er sah sehr wohl, welchen scharfen Blick Trine ihm zuwarf, als er sie darum bat, im Büro zu bleiben und die Mobilfunknetzbetreiber zu kontaktieren, um einen Überblick zu bekommen, welche Handys in der Nacht zu Samstag in der Nähe des Gebiets zwischen dem *Sølvstenen* und Sankt Annæ Gade gewesen waren. Es mussten mehrere Hundert sein.

„Ruf auch bei den Läden in der Gegend an, und frag, ob irgendjemand vielleicht Überwachungskameras hat, die wir übersehen haben", bat er sie.

„Jawohl, Chef", sagte sie und versuchte sich an einem Pfadfindergruß.

Trine bewältigte für gewöhnlich all die kleinen Herausforderungen, die der Alltag ihr bereitete, mit Humor, und Georg ließ es meistens durchgehen. Ihm war nicht ganz klar, was genau in Frederikshavn passiert war und warum sie so plötzlich versetzt worden war. Ihr dortiger Chef hatte ihre hervorragende Arbeit gelobt und nur gesagt, dass sie ein wenig Probleme „im persönlichen Bereich“ gehabt hätte. Georg wäre es unangebracht erschienen, mehr darin herumzuschnüffeln. Trine war eine glänzende Ermittlerin.

Sie nahmen Falks Auto, und Georg schüttelte den Kopf, als Falks Hand sich dem Lautstärkeregler des Autoradios näherte.

„Etwas anderes als Nachrichten kannst du vergessen. Ich ertrage keine Rockmusik vor dem Frühstück.“

Falk schenkte ihm ein breites Lächeln.

„Du unterschätzt mich wirklich, Guldmann. Im Auto höre ich immer Bach“, sagte Falk und drückte auf Play.

Die Orgelmusik schallte in Falks Skoda, und sie lauschten in angenehmem Schweigen, bis es Falk gelungen war, das Auto in die letzte freie Parklücke in der Andreas Bjørns Gade zu manövrieren, wo Amalie gewohnt hatte. Es waren nicht mehr als fünf, sechs Minuten Fußweg von der Brücke an der Sankt Annæ Gade. So nah dran war sie gewesen, in Sicherheit zu sein.

Kim Olesen von der Kriminaltechnischen Untersuchung (KTU) wartete schon am Eingang mit einer großen Kamera um den Hals und einem wortkargen Assistenten im Schlepptau.

Die Wohnung lag im zweiten Stock, Georg hatte die Schlüssel von Amalies Eltern ausgeliehen. Sie hatten erklärt, dass Amalie das Apartment für wenig Geld von einer älteren Großtante mietete, die für ein halbes Jahr zu ihren Enkeln nach Australien gereist war. Im Gegenzug musste Amalie die Blumen gießen.

Der erste Geruch, den Georg wahrnahm, waren Kaffeebohnen. Er ging durch den kleinen Flur in die Küche, und sein Blick fiel auf eine Espressokanne, die aussah, als ob sie vor Kurzem benutzt und noch nicht geleert worden war.

Er warf Falk ein paar Silikonhandschuhe zu.

„Fass am besten gar nichts an. Aber wenn du musst, benutz die hier."

„Na klar", sagte Falk und ging weiter in ein Wohnzimmer, das einem Ausstellungsraum eines Antiquitätenhandels glich.

Ovale, schwarz-weiße Porträtbilder starrten steif in den Raum. Sie hingen über einem Biedermeier-Sofa, dessen Rückenlehne mit kleinen gehäkelten Deckchen dekoriert war. Daneben stand ein Sekretär in Mahagoni.

Am anderen Ende des Raumes war ein ovaler Tisch platziert, auf dem eine einzelne blau gemusterte Tasse thronte, mit Kaffeesatz auf dem Boden und Abdrücken eines roten Lippenstifts am Rand.

Falk stieß einen Pfiff aus.

„Du liebe Güte. War sie 92 oder 22?"

„Die Wohnung gehört der Großtante", wandte Georg ein.

„Sie muss ziemlich reich sein, diese Großtante", stellte Falk fest.

„Warum glaubst du das?"

Falk zeigte auf die Einrichtungsgegenstände.

„Das hier sind Möbel im Wert von locker … auf jeden Fall siebzig- bis achtzigtausend Kronen. Allein schon der Sekretär."

„Woher weißt du das?"

„Mein Stiefvater war Antiquitätenhändler in Roskilde. Ich habe ihm nach der Schule im Laden geholfen."

Georg streifte sich die Handschuhe über und fing damit an, planlos in den Küchenschränken zu wühlen. Es war nicht leicht, etwas zu finden, was dort nicht hingehörte. Gewöhnliche Küchenausstattung. Noch mehr königliches Porzellan.

Die Milch im Kühlschrank war noch frisch.

Er ging ins Wohnzimmer, wo Falk mit den Fingern in einer Topfpflanze wühlte. Georg erinnerte sich, dass sie Schwiegermutterzunge genannt wurde.

„Sie sind trocken. Also ist sie entweder eine Zeit lang nicht zu Hause gewesen, oder sie war mit ihrer Aufgabe als Blumengießerin nicht so gewissenhaft, wie man hoffen könnte", stellte Falk fest.

„Gute Überlegung. Die hier sollen allerdings nicht so oft gewässert werden."

Jetzt war Falk an der Reihe, überrascht zu sein.

„Guldmann, hast du einen grünen Daumen?"

„Ich habe mal beim Blumenversand gejobbt."

Er folgte Falk in das kleine Schlafzimmer.

Das Bett war ein schweres Monstrum, das aussah, als hätte es sein Leben in einem Kloster begonnen, sogar mit eingeritztem Malteserkreuz im Kopfteil. Die Decke lag zusammengeknautscht am Fußende, als ob die Schlafende schnell aus dem Bett gesprungen war, ohne sich umzusehen. Auf dem Boden lag eine Unterhose, und über einem Stuhl hing ein weißer BH.

Am Fenster stand ein Schreibtisch mit einer halb leeren Flasche Nagellack und einem roten Lippenstift, der zu der Farbe auf der Kaffeetasse passte. Daneben lag ein Handtuch. Georg hob es vorsichtig hoch. Er winkte Kim zu sich herüber und ließ ihn Fotos von dem Handtuch und danach von dem Mac machen, der sich darunter versteckt hatte.

Kim legte die Kamera beiseite, kramte eine Tüte aus seiner Tasche und packte den Laptop darin ein.

„Kannst du Rolf draufschauen lassen?", fragte Georg. Er wusste, dass Rolf der beste und schnellste Techniker war.

Kim nickte.

„Ich versuche es. Aber er ist gerade erst aus dem Urlaub zurückgekommen. Ich weiß nicht, was sich sonst noch bei ihm angesammelt hat."

„Es drängt", sagte Georg.

„Das tut es ja immer", erwiderte Kim trocken.

Falk warf einen kurzen Blick in den Kleiderschrank.

„Sommerkleider und ein Paar Gummistiefel", stellte er fest.

Hinter dem Schlafzimmer befand sich ein winziges Badezimmer mit einer Dusche, die mit dem Waschbecken verbunden war. Es war knochentrocken, aber das war zu erwarten. Sogar wenn Amalie geduscht hatte, bevor sie am Freitag zur Arbeit gegangen war, wären die Wasserreste längst in der Sommerwärme verdampft.

Georg schaute in den kleinen Schrank über dem Waschbecken. Handcreme, Haargummis, ein Paket Tampons. Eine grünes Minifläschchen mit Parfum von der Sorte, wie man sie an Flughäfen kaufen kann.

Vorsichtig öffnete er den Deckel des kleinen Mülleimers einen Spalt breit und erhaschte einen Schimmer von etwas Weißem, das dort auf dem Boden lag.

„Kim, kannst du hier mal kurz gucken?"

Kim kam mit der Kamera und machte ein paar Fotos sowohl von dem Mülleimer mit Deckel drauf als auch einen Spalt weit geöffnet. Dann legte er die Kamera vorsichtig zur Seite und öffnete den Mülleimer ganz.

Es war genau, was Georg vermutet hatte.

Kim kramte aus seiner Ausrüstungstasche eine Pinzette hervor und legte vorsichtig etwas in eine Plastiktüte, die er sofort versiegelte.

„Ein benutztes Kondom", sagte er trocken.

Jemand hatte vor Kurzem in dieser Wohnung Sex gehabt, und Georg würde viel darum geben, zu wissen, wer es gewesen war.

Eigentlich schaute er nicht viele Krimiserien im Fernsehen. Er fand meistens, dass es einfach zu dramatisch war, zu unrealistisch und spektakulär im Vergleich zu seiner eigenen Wirklichkeit. Aber ab und zu konnte er sich spät am Abend, wenn Astrid noch nicht aus der Oper nach Hause gekommen war, ganz gut vor eine Serie über eine Gruppe amerikanischer Rechtsmediziner fläzen.

In Augenblicken wie diesem wünschte er sich dieselben Arbeitsbedingungen wie seine fiktiven amerikanischen

Kollegen. Die bekamen die DNA-Ergebnisse immer genau vor der Werbepause und spätestens nach einer halben Stunde. In Georg Guldmanns Realität würde es aber mindestens 24 Stunden dauern, bis er irgendeine Antwort aus dem Labor erhalten würde, wer in intimem Kontakt mit diesem Kondom gewesen war.

Er bat Kim, einen Mitarbeiter zu schicken, der noch am selben Tag die DNA-Proben des Personals im *Sølvstenen* einsammeln sollte. Im Augenblick war Mikkel der wahrscheinlichste Kandidat, aber Georg hatte gelernt, dass es immer besser war, seinem Bauchgefühl erst dann zu folgen, wenn man eine solide, wissenschaftliche Basis dafür hat.

Falk war zurück ins Wohnzimmer gegangen und betrachtete eingehend das Bücherregal.

„Irgendetwas Auffälliges?"

Falk schüttelte den Kopf.

„Nicht wirklich. Abgesehen von ein paar Kochbüchern von irgendwem namens Cunningham sieht es so aus, als ob die Büchersammlung eher der Großtante gehört."

Georg ließ den Blick über die in Leder eingebundenen Bücher gleiten. Im Großen und Ganzen nur Klassiker. Gerade, als er die Hand ausstreckte, um *Des Königs Fall* aus dem Regal zu ziehen, klingelte sein Handy.

„Seid ihr noch in Christianshavn?", fragte Trine.

„Ja. Aber wir sind fast fertig."

„Gut, dann könnt ihr gleich auf dem Rückweg bei *Sushima* vorbeigehen."

Georg sah auf die Uhr. Es war zwar Mittagszeit, aber er würde sich sicherlich nicht in die Schlange stellen, um für eine Angestellte Sushi zu holen.

Bevor er Trine über diese Tatsache aufklären konnte, gab sie ihm die Adresse in der Straße Ovengaden Neden Vandet.

„Dort gab es vor einem Monat einen Konflikt mit der Gewerkschaft. Irgendwas, dass sie die Leute nicht mit Tarifvertrag anstellen wollten. Der Besitzer wohnt über dem Lokal, und eine Zeit lang hat er sich furchtbar von Demonstranten belästigt gefühlt. Deswegen hat er eine Überwachungskamera installiert."

„Ach, wirklich?"

„Ja. Ich habe mit ihm gesprochen, er heißt Bertil Lind. Du kannst einfach vorbeikommen und die Aufnahmen durchsehen, wann es dir passt."

„Hervorragende Arbeit."

„Keine Ursache."

Georg konnte durch das Telefon ihr breites Grinsen hören.

Sie ließen das Auto stehen und waren nach ein paar Minuten Fußweg bei der Sushibar, die scheinbar einen ruhigen Tag hatte.

„Die Polizei hatte es ja nicht besonders eilig, herzukommen, als ich angerufen habe, um die Leute anzuzeigen, die Eier an mein Fenster geworfen haben", bemerkte Bertil Lind säuerlich.

Georg zuckte mit den Schultern.

„Im Augenblick ermitteln wir in einem Todesfall", sagte er. Das stoppte weitere Streitigkeiten.

Bertil Lind überließ das Bedienen einem jungen Mädchen, das sich gerade über eine Sushi-Matte mit Maki-Rollen beugte, und wies ihnen den Weg in ein unordentliches Hinterzimmer mit einem Schreibtisch und einem Computer.

Er drückte ein paarmal auf die Tastatur und bewegte die Maus, bis die Fassade des Ladens in Schwarz-Weiß auf dem Bildschirm erschien. Oben in der einen Ecke standen Datum und Uhrzeit, stellte Georg zufrieden fest. So würden sie leichter den Zeitraum finden, an dem sie interessiert waren.

„Und Sie haben die Aufnahmen von Freitagnacht gespeichert?", fragte Falk eifrig.

Bertil Lind nickte.

„Das passiert ganz automatisch. Das System speichert eine Woche am Stück, bevor die Aufnahmen gelöscht werden. Ich kann sie Ihnen auf einen USB-Stick ziehen?"

„Ja, bitte", sagte Falk und kramte einen Schlüsselring aus der Tasche, an dem eine Art USB-Stick hing.

Der Restaurantbesitzer warf einen Blick auf den charakteristischen blau-roten Grateful-Dead-Schädel und steckte ihn dann in den Computer, ohne eine Miene zu verziehen.

„Wie viel möchten Sie haben?"

Georg dachte einen Augenblick nach.

„Geben Sie uns nur von Freitagabend, sagen wir mal ab achtzehn Uhr, bis Samstagvormittag. Dann haben wir eine Chance, potenzielle Zeugen zu finden."

Fünf Minuten später stand Georg auf der Türschwelle vor dem *Sushima* und sah zur Brücke an der Sankt Annæ Gade herüber.

„Es ist nicht sicher, dass er diesen Weg genommen hat. Wir wissen nicht mal, ob Amalie hier im Wasser gelandet ist. Aber es ist einen Versuch wert", sagte er.

Falk unterbrach seine Gedanken.

„Ich weiß nicht, was du sagst, aber all dies Sushi hat mich hungrig gemacht. Wollen wir?", fragte er mit einem Kopfnicken.

Ohne ein weiteres Wort gingen sie festen Schrittes zu dem Würstchenstand auf dem zentralen öffentlichen Platz Christianshavns Torv herüber und bestellten je einen Hotdog mit Bratwurst.

Georg war unschlüssig. Auf der einen Seite wollte er so schnell wie möglich herausfinden, ob Amalies heimlicher Liebhaber Mikkel Zugang zu Insulin gehabt hatte. Auf der anderen Seite mussten die Aufnahmen der Überwachungskamera vor dem Sushirestaurant *Sushima* durchgesehen werden. Sowohl Trine als auch Falk waren dafür, sich die Aufnahmen zuerst anzusehen, und so ließ er sich überzeugen. Trine klickte bis kurz nach Mitternacht vor und projizierte den Film auf den Großbildschirm.

Ein Mann in den Fünfzigern tauchte auf dem Bildschirm auf, einen Boxer an der Leine. Er räusperte sich und spuckte in den Kanal. Ein Paar tauchte auf, tief in ein Gespräch versunken, der Mann schob ein Fahrrad.

Außerdem zog noch eine Horde kichernder junger Mädchen mit einer Tüte Bier vorbei.

Kurz vor eins schritt ein Mann in einem sommerlichen Anzug zügig durch das Bild. Sein Hut warf einen Schatten, der es gerade so unmöglich machte, sein Gesicht zu erkennen.

„Was hat er da auf dem Kopf?“, fragte Georg.

„Einen Trilby. Den tragen nicht mehr viele.“

Trine kannte sich mit so was aus.

Sie ließen die Aufnahme weiterlaufen. Die Kamera fing nichts anderes als Pflastersteine und den Kanal mit seinem blanken, dunklen Wasser in der Sommernacht ein.

Doch ein paar Minuten nach dem Mann mit dem sonderbaren Hut passierte wieder etwas. Ein muskulöser Mann in kurzärmligem Hemd und dunkler Hose spazierte ins Bild. Sein helles Haar und markantes Gesicht waren nicht zu verwechseln.

Trine und Falk schauten erst sich an, dann zu Georg.

„Ist das, wer ich glaube?“

Georg nickte, und Trine bestätigte:

„Jep. Das ist Henrik Holm. Kein Zweifel.“

„Sollten wir gleich versuchen, rauszufinden, was er dort macht?“, sagte Georg.

Henrik Holm war der rechtspolitische Sprecher der größten Oppositionspartei. Offiziell hatte das Parlament Sommerpause, aber als Georg bei Henrik Holms Büro anrief, erreichte er eine Sekretärin, die ihm bereitwillig einen Termin bereits am selben Nachmittag machte.

Er hatte Trine damit beauftragt, herauszufinden, ob man sich irgendwie einen Überblick darüber verschaffen konnte, wer in Kopenhagen Zugang zu Insulin hatte. Die Liste würde lang sein. Nicht nur Leute mit Diabetes, sondern auch Angestellte in Krankenhäusern, Kliniken und Apotheken. Georg war sich des enormen Umfangs der Aufgabe bewusst, und er fürchtete, dass die Regeln für das Zusammenführen verschiedener Register diesen Teil der Ermittlung in einer Sackgasse enden lassen würden.

Derweil war Falk mit einem Kriminaltechniker und einem Spürhund losgezogen, um zu versuchen, Amalies Route vom Restaurant aus zu ermitteln und vielleicht eine Vermutung anstellen zu können, wo sie im Wasser gelandet war.

Inzwischen saß Georg in einem dunklen Raum im Parlamentsgebäude Christiansborg vor einem führenden Politiker. Das Bücherregal bog sich förmlich unter den sämtlichen Bänden von *Karnovs Gesetzbuch,* die aussahen, als ob sie noch nie aufgeschlagen worden waren. An der Wand hinter Holm hing ein kitschiges Gemälde mit weidenden Kühen, das jeden, der sein Büro betrat, darauf hinwies, dass er seine Wurzeln in der Landwirtschaft nie vergessen hatte.

Georg betrachtete Holms breites Lächeln, die ruhigen Hände mit Ehering, das helle Haar und das schneeweiße Hemd. Unzählige Male hatte er im Fernsehen genau dieses Lächeln und dieses Erscheinungsbild gesehen, das jeden Diskussionspartner aufbrausend und unkontrolliert wirken ließ.

In den meisten Zeitungen herrschte breite Einigkeit darüber, dass Holm zwar vielleicht nicht offiziell zum Kronprinzen der Partei ausgerufen worden war, aber mit seinen vierunddreißig Jahren durchaus zu den Thronfolgern zählte. Es war nicht unmöglich, dass Georg einem zukünftigen Justizminister gegenübersaß. Oder vielleicht sogar einem Ministerpräsidenten, dachte er, bevor er das schwarze Notizbuch herausholte.

„Sie sind Kriminalkommissar Guldmann?"

Georg bestätigte.

„Was kann ich für Sie tun? Meine Sekretärin war etwas sparsam mit Auskünften, warum wir diesen Termin haben. Sie ist neu. Aber ich vermute, dass es wohl etwas mit unserer letzten Stellungnahme zur Polizeireform zu tun hat?"

„Nein, das hat es nicht."

Holm nahm einen Schluck aus einer Flasche Quellwasser, die auf dem Tisch stand, und sah ihn etwas überrascht an.

„Nicht?"

„Nein. Ich möchte mich im Voraus entschuldigen und frage nur, weil ich meine Arbeit mache", sagte Georg und nahm Anlauf. „Aber ich muss Sie fragen: Wo waren Sie am Freitagabend?"

Holm runzelte die Stirn.

„Aus reinem Prinzip sehe ich das als meine Privatsache an", erwiderte er.

„Ja. Das verstehe ich natürlich. Aber ich frage, weil ich in einem Mordfall ermittle und nach möglichen Zeugen suche", erklärte Georg.

„Das müssen Sie etwas näher erklären."

„Ja. Dann lassen Sie mich spezifischer fragen: Waren Sie in der Nacht von Freitag auf Samstag in Christianshavn?"

Holm schüttelte den Kopf.

„In Christianshavn?"

„Ja."

„Da war ich ganz bestimmt nicht. Ich war zu Hause in der Frederiksberg Allé, wenn Sie es genau wissen wollen."

„Kann das jemand bezeugen?"

„Nein. Meine Frau und meine zwei Kinder waren im Sommerhaus auf Langeland. Ich habe den ganzen Abend Netflix geschaut und mich ausgeruht", beeilte Holm sich zu versichern.

Georg überlegte, die Überwachungskamera ins Spiel zu bringen. Der Mann log unverhohlen, aber bevor er die nächste Frage formulieren konnte, klingelte das Handy auf Holms Schreibtisch aufdringlich.

„Ich muss hier leider rangehen. Wir sind doch fertig?"

„Ich habe noch ein paar Fragen", widersprach Georg.

„Na, dann warten Sie eben im Vorraum, während ich telefoniere", sagte Holm und winkte ihn heraus.

Georg setzte sich auf ein Sofa und nahm sich die Zeit, die moderne Kunst an den Wänden zu studieren. Er war tief in Gedanken über ein Gemälde eines hellroten Flecks – umringt von etwas, das vielleicht brennende Häuser darstellte – versunken, als die Sekretärin völlig aus der Puste zur Tür hereinstürmte und ihre Handtasche sowie eine große Plastiktüte auf den Tisch knallte, deren verschlungene Buchstaben verrieten, dass sie in der Christianshavns Apotheke eingekauft hatte.

„Das sieht aber ernst aus. Kranke Kinder?", fragte Georg mit einem Kopfnicken auf die volle Tüte.

Die Sekretärin schüttelte den Kopf.

„Uff, nein. Ich habe keine Kinder. Das ist Henrik Holms Insulin."

Georg stand jäh auf und klopfte an die Bürotür.

„Henrik Holm?"

Keine Antwort. Georg versuchte es noch mal.

„Henrik Holm?"

Gerade wollte er noch einmal klopfen, aber da flog schon die Tür mit einem Ruck auf. Holm hatte seine Jacke an und schlängelte sich an Georg vorbei. In der Hand hielt der Politiker sein Handy und lächelte entschuldigend.

„Tut mir leid. Wir müssen das leider aufschieben, Guldmann. Ich muss zu einem Krisentreffen mit dem Vorstand. Es ist dringend."

Georg sah ihn durch den leeren Flur hasten, ohne sich umzudrehen. Vorbei an allen düsteren Gemälden von Männern, die streng überwachten, wer in Christiansborg ein- und ausging.

Eigentlich war Georg daran gewöhnt, sich Lügen anhören zu müssen, und es überraschte ihn daher auch nicht im Geringsten, dass Männer wie Henrik Holm ein sozusagen „realpolitisches" Verhältnis zur Wahrheit hatten. Er konnte einen guten Grund für sein Lügen haben. Aber Georg sah eine unendliche Reihe von Problemen vor sich, die auf diese Lüge folgten, und überlegte, ob er die

Situation mit seinem Chef, Grundahl, besprechen sollte. Wenn es Ärger geben sollte, würde es in erster Linie ihn treffen, vielleicht sogar einen Chef auf einer noch höheren Stufe. Das musste er abklären.

Bis das erledigt war, sollte er sich besser auf das Verhör mit Mikkel vorbereiten – dem Mann, der nicht zugeben wollte, dass er ein Verhältnis mit Amalie gehabt hatte. Der aber scheinbar nicht bedacht hatte, dass man kein Kondom in der Wohnung seiner Auserwählten zurücklassen kann, ohne in gigantische Erklärungsnot zu kommen.

Als Georg schon fast unten beim Pförtner war, rief Kim an.

„Ich habe die Proben von den Angestellten des Restaurants bekommen. Ich habe sie gleich durchgecheckt, quick and dirty. Keine Details, nur pures Ausschlussverfahren. Ich dachte nur, dass du gleich wissen solltest, dass das Kondom in der Wohnung nicht von Mikkel benutzt wurde. Mehr weiß ich noch nicht, aber ich werde die anderen Männer zur Sicherheit auch prüfen. Ich melde mich wieder."

Der Kollege von der KTU legte auf.

Georg spürte dieses wohlbekannte Gefühl im Bauch. Er stellte es sich immer vor wie einen großen, runden, schwarzen Stein. In seiner Fantasie war er glatt geschliffen aber dafür nicht weniger schwer. Das war der Zweifel. Die nagende Befürchtung, dass er sich schon früh in der Ermittlung auf falsche Fährten hatte leiten lassen und dies fatale Konsequenzen haben konnte.

Vor mehreren Jahren war er auf einem Seminar der Serienmordabteilung des FBI in Quantico gewesen und hatte gelernt, dass das Allerwichtigste war, so schnell wie möglich herauszufinden, ob Täter und Opfer sich kannten oder nicht.

Die zentrale Frage war, ob Amalie ihren Mörder gekannt hatte oder ob sie nur zum Opfer geworden war, weil sie sich zur falschen Zeit am falschen Ort befunden hatte.

Er rief Trine an und bat sie darum, die Presseabteilung einzuschalten. Sie brauchten Zeugen. Irgendjemand musste in jener Nacht am Kanal irgendetwas gesehen haben. Sie sandten einen ausdrücklichen Appel an den Mann mit dem Hut, sich zu melden. Es war fast undenkbar, dass er nichts gesehen hatte.

„Ich kontaktiere auch gleich die Taxiunternehmen und die Ehrenamtliche Nachtpatrouille, damit sie herumfragen können, ob jemand irgendetwas bemerkt hat", versprach Trine.

Georg hoffte, dass die Hinweise aus der Bevölkerung dazu beitragen konnten, Licht ins Dunkel zu bringen. Aber im Grunde wusste er, dass er morgen Vormittag in der Rechtsmedizin größere Chancen hatte, etwas Konkretes zu erfahren, mit dem er weiterarbeiten konnte.

Astrid hatte heute ihren freien Abend, und Georg schlug per SMS vor, auf dem Heimweg Pizza zu holen. Sie nahm das Angebot mit Kusshand an und versprach, den Tisch im Garten zu decken. Er atmete erleichtert aus. Nach diesem langen Tag ertrug er keinen Bulgur.

Während er auf eine Nummer 7 für Astrid und eine Nummer 14 ohne Champignons für sich selbst wartete, überlegte er, wie er mit Henrik Holm weiterkommen konnte. Man fängt nicht einfach mit Nachforschungen über einen bekannten Politiker an, ohne das Ganze vorher abzusichern. Aber wie er es auch drehte und wendete, machte ihn das Insulin zu einem Hauptverdächtigen.

Kapitel 4
KRISE

Georg fiel es immer schwer, Obduktionen beizuwohnen. Nicht, weil er den Anblick von Leichen nicht ertragen konnte oder weil es ihm zuwider war, die Sägen und die Messer in menschlichem Fleisch zu sehen. Melvang führte seine Arbeit auf ausgesprochen kompetente und sachliche Weise aus. Es ging mehr darum, dass Georg gezwungen war, den Körper dort auf dem Tisch als einen entseelten Beweisgegenstand anzusehen, der ihm helfen sollte, einen Mörder zu fangen, was im Gegensatz zu seiner sonstigen Art zu denken stand. Er musste Amalie vor sich sehen. Begreifen, was für ein Mensch sie gewesen war, um herausfinden zu können, was zu ihrem Tod geführt hatte.

Etwas verzweifelt klammerte er sich an die Hoffnung, dass der Täter vielleicht DNA-Spuren hinterlassen hatte, aber er wusste, dass die Chance verschwindend gering war, weil Amalie im Wasser gelegen hatte. Der Kanal, der nun unwiederbringlich mit ihrem Tod verbunden war, trug auch dazu bei, ihren Mörder zu verbergen.

Pflichtbewusst notierte er Melvangs Beobachtungen, während er versuchte, ein Tatgeschehen zu rekonstruieren, das Sinn ergab.

„Sie war noch am Leben, als sie im Wasser landete", sagte Melvang.

„Ist das sicher?"

„Ja. Sie hat Schaumpilz sowohl an der Nase als auch am Mund. Der kann nur auf eine Weise entstanden sein: Sie hat hyperventiliert und Wasser in die Lunge gesogen. Und selbst falls sie das Bewusstsein verloren hatte, bevor sie im Wasser gelandet ist, ist sie auf jeden Fall noch mal aufgewacht, bevor sie ertrunken ist."

Kurz darauf fuhr er fort:

„Keine Anzeichen für Vergewaltigung."

Gemeinsam mit Melvangs Assistenten Kai, der alles in einem iPad notierte, arbeiteten sie sich durch die Obduktion und einigten sich auf eine Art Skizze dessen, was passiert sein konnte.

Amalie war vermutlich von hinten angegriffen, schnell überwältigt und mit einer Spritze in die Schuler gestochen worden.

Melvang hatte den Nadelstich in ein Diagramm eingezeichnet, das die Umrisse eines menschlichen Körpers zeigte.

Nun benutzte er seinen Assistenten, um Georg zu veranschaulichen, was mutmaßlich geschehen war. Dabei stellte er sich schnell hinter Kai, legte den linken Arm um dessen Hals und demonstrierte mit einem Kugelschreiber, wie die Nadel der Insulinspritze mit der rechten Hand hineingestochen worden sein könnte, sodass sie genau mit Amalies Stichwunde übereinstimmte.

Kai sah Melvang vorwurfsvoll an, als dieser ihn wieder losgelassen hatte.

„Das hat wehgetan."

Sein Chef sah allerdings nicht so aus, als hätte er Schuldgefühle.

„Die Wissenschaft ist hart", bemerkte er nur trocken.

„Wie schnell wurde sie überwältigt?", fragte Georg.

Melvang zuckte mit den Schultern.

„Das geht relativ schnell. Wenige Sekunden, glaube ich."

Melvang setzte seine Untersuchungen fort und beschäftigte sich eine Weile mit der Brandwunde.

Abermals war Kai nicht schnell genug abgehauen, und Melvang packte ihn fest am Arm. Die eine Hand unter dem Ellbogen und die andere Hand direkt am Handgelenk.

Er drehte sich zu Georg. Kai musste willenlos folgen und rollte mit den Augen.

„Siehst du?", sagte er und hielt Kais Arm über ein Waschbecken.

„Ich habe jetzt die volle Kontrolle über Kai und kann seinen Arm über einen Topf mit kochendem Wasser halten. Oder Suppe. Kai, probier mal, dich zu befreien."

Kai machte ein paar halbherzige Versuche, seinen Arm an sich zu ziehen, aber Melvang hielt ihn fest.

„Siehst du?", wiederholte er und schaute Georg vielsagend an.

Im selben Augenblick wand Kai sich mit einer geschmeidigen Bewegung los und hinterließ einen sprachlosen Rechtsmediziner mit schmerzenden Handgelenken.

„Jiu-Jitsu“, erklärte Kai und verbeugte sich leicht, bevor er wieder das iPad in die Hand nahm.

„Frieden“, bot sein Chef ihm im Gegenzug an.

Georg blieb bis zum bitteren Ende. Danach lud Melvang ihn zum Mittagessen ein, aber Georg konnte sich wie gewöhnlich nicht dazu durchringen, Nahrung in einem Gebäude zu sich zu nehmen, in dem Obduktionen durchgeführt wurden. Außerdem musste er ja Grundahl über die Situation unterrichten, bevor er weitere Schritte mit Henrik Holm einleitete. Er entschuldigte sich und fuhr direkt zurück ins Büro.

Zufällig traf er Grundahl in der Kantine, und sie setzten sich mit je einer Portion Fleischklößchen in Currysoße an einen Tisch.

„Wie läuft es mit der Ermittlung?“, fragte Grundahl, während er Pfeffer über einen Reisberg streute.

Georg berichtete vom Stand der Dinge und dass in den nächsten Stunden ein Zeugenaufruf herausgeschickt werden würde.

„Und worum geht's? Brauchst du mehr Leute?“, mutmaßte Georgs Chef, wohl wissend, dass Mitarbeiter nicht in der Kantine zu ihrem Vorgesetzten kamen, wenn nicht irgendetwas besprochen werden musste.

„Also, die kann ich natürlich immer gebrauchen“, sagte Georg schnell.

Grundahl überlegte.

„Wir warten ein bisschen ab. Wenn es konkretere Spuren gibt, kriegst du Madsen und Skov. Okay?"

Georg nickte.

„Danke. Aber da wäre noch was."

„Ja?"

„Henrik Holm, der Politiker."

„Was ist mit ihm?"

Grundahl hörte zu und trank von seinem Mineralwasser, während Georg von der Überwachungskamera berichtete und von der Lüge des rechtspolitischen Sprechers, er sei nicht am Ort von Amalies Verschwinden gewesen.

„Und jetzt willst du wissen, was du machen sollst?"

„Hm. Tja. Ich weiß ja eigentlich genau, was ich machen muss. Er muss genau wie alle anderen darüber Auskunft geben, was er getan hat. Aber ich dachte trotzdem, dass ich dich zumindest informieren will. Es ist ja nicht unbedingt unproblematisch, einen Politiker anzugreifen", sagte er diplomatisch.

Ein halbes Fleischklößchen lag noch auf Grundahls Teller. Er spießte es auf die Gabel und steckte es in den Mund. Kaute langsam.

„Ich stimme dir völlig zu. Man lügt die Polizei nicht an. Egal, wer man ist. Kannst du trotzdem einen Tag abwarten? Ich kenne jemanden in der Partei, der ihn vielleicht davon überzeugen kann, dass es zu seinem eigenen Vorteil ist, mit dir zu reden."

Georg zögerte ein wenig.

„Okay. Aber es würde mir wirklich helfen, die Wahrheit von ihm zu hören. Im Augenblick stecke ich, ehrlich gesagt, etwas fest", gab er zu.

Grundahl stand auf und brachte seinen Teller und sein Tablett zum Geschirrwagen.

„Immer mit der Ruhe, Guldmann. Du kriegst das schon in den Griff. Das tust du immer", sagte er und klopfte Georg kurz auf die Schulter. Das Schulterklopfen war fast das Schlimmste.

Trine war mitten in einem konzentrierten Gespräch mit einem Berater des Diabetesvereins, als er zu seinem Schreibtisch zurückkehrte, während Falk an der Pinnwand stand und gerade dabei war, rote Punkte in die Karte zu piken.

Es machte Georg ganz kribbelig, weder Mikkel Falsted noch Henrik Holm zum Verhör einbestellen zu dürfen. Aber bis auf Weiteres konnte er sie für nichts anderes anklagen, als dass beide die Polizei angelogen hatten. Das reichte ganz einfach nicht.

Zwei Lügner. Das war das Einzige, was er hatte. Aber nicht unbedingt einen Mörder.

Jetzt legte Trine den Hörer auf.

„Das ist eine Sackgasse. Es gibt schlicht und ergreifend kein zentrales Register darüber, wer in Dänemark Diabetesmedikamente bekommt. Das ist mehr oder weniger eine Sache zwischen Patient, zuständigem Arzt und der Apotheke. Tut mir leid. Falls das irgendwie hilft: Es wird natürlich jedes Mal registriert, wenn eine Apotheke

Medizin aushändigt. Aber solange wir keinen konkreten Verdächtigen haben, bringt uns das nicht wirklich weiter."

Georg seufzte.

„Einen Versuch war es wert."

„Irgendwelche Hinweise aus der Bevölkerung?"

Falk, immer noch vor der Pinnwand stehend, drehte sich um.

„Nicht viele. Es war spät, als Amalie das Restaurant verlassen hat. Wir haben ein paar Anrufe von Operngästen, die mitteilen wollten, dass sie in der Gegend waren. Aber niemand hat etwas gesehen, und die Opernvorstellung war schon recht lang vorbei, als Amalie Feierabend hatte. Das habe ich nachgeschaut", teilte er mit.

„Davon mal abgesehen, liegt die Oper auf dem Weg Richtung Sankt Annæ Gade ja noch vor dem Restaurant *Sølvstenen*. Warum hätte Amalie also überhaupt in der Nähe der Oper gewesen sein sollen?", wandte Trine ein.

„Das stimmt, aber ein paar Operngäste könnten ja auf dem Heimweg Richtung Christianshavn gegangen sein und etwas gesehen haben", meinte Falk.

Georg unterbrach die beiden.

„Was ist mit dem Mann mit dem Hut? Irgendwelche Hinweise über ihn oder von ihm?"

Beide schüttelten den Kopf.

„Falk. Ich würde dich bitten, eine Zeitleiste zu skizzieren. Mit allem, was dir einfällt. Seit Amalie das Restaurant verlassen hat. Oder geh lieber noch weiter zurück. Ich hätte gern einen Überblick über die letzten vierundzwanzig

Stunden, bevor sie gestorben ist. Benutz alle verfügbaren Informationen, die wir schon gesammelt haben."

„Sehr gern", sagte Falk ohne einen Hauch von Ironie.

Dann sah Georg zu Trine herüber.

„Und dich würde ich bitten, noch einmal zu Ann-Charlott zu fahren. Schau, ob du sie dazu bringen kannst, mehr über Amalie zu erzählen."

„Und was ist mit dir, Boss?", fragte Falk.

„Ich gehe noch mal Mikkel an den Kragen. Ich will nur gern zuerst etwas haben, womit ich ihn in die Enge treiben kann."

Er rief auf Kims Festnetznummer an, und der Kriminaltechniker hob prompt den Hörer ab, als hätte er nur darauf gewartet.

„Ich wollte dich gerade anrufen. Wir haben etwas für dich."

„Etwas Brauchbares?"

„Das würde ich sagen. Wie schon gesagt, gibt es keinen Match mit Mikkel. Aber ich habe ja auch DNA-Proben vom übrigen Personal gesammelt."

„Na sag schon, Kim."

„Es waren zwei verschiedene DNA auf dem Kondom. Grob gesagt, eine außen und eine innen."

„Ja. Das erklärt sich von selbst."

„Wir haben ein Match zu der inneren gefunden. Ein Angestellter namens Thorleif Gustavsson. Der Kellner."

Georg erinnerte sich, dass es der mit dem Schnurrbart war, der Amalie Geld geliehen hatte und dem keine Brandwunde aufgefallen war.

„Er war es also, der in der Wohnung war und Sex mit Amalie hatte?“

„Das bezweifle ich“, sagte Kim trocken.

„Warum das?“

„Wir konnten nicht identifizieren, zu wem die andere DNA gehört. Ich kann allerdings so viel sagen, es handelt sich um einen Mann.“

Georg war für ein paar Sekunden platt. Schließlich brach Kim das Schweigen.

„Nun, aber ansonsten gibt es nicht so viel Neues. Rolf ist mit dem Laptop zugange. Sie hatte ein Profil auf Tinder, war aber seit sieben, acht Monaten nicht mehr aktiv. Er sucht weiter.“

Das *Sølvstenen* hatte dienstags Ruhetag, aber es dauerte nur wenige Sekunden, bis Georg Thorleifs Adresse aus dem System gefischt hatte. Er wohnte in einer WG in der Vesterbrogade, einer sehr belebten Straße westlich des Hauptbahnhofes.

Er tauchte unangemeldet dort auf und traf Thorleif im Bademantel an. Der Fernsehbildschirm stand auf Pause und verriet, dass der Kellner gerade mitten am Meucheln war, in *Assassin's Creed* auf seiner PlayStation.

Falls Thorleif beunruhigt darüber war, Georg zu sehen, konnte er es jedenfalls gut verbergen. Der Kellner machte eine entschuldigende Handbewegung.

„Kommen Sie rein. Entschuldigung für das Chaos, aber ich teile die Wohnung mit drei anderen. Dienstag ist der einzige Tag, an dem ich das Wohnzimmer für mich allein habe, und das nutze ich, sosehr es geht, aus.“

Auf dem Tisch standen eine fast leere Zweiliter-Colaflasche und ein Teller mit einem halb gegessenen Toast.

Georg räumte ein paar alte Ausgaben der dänischen Tageszeitung *Information* von einem Sessel. Thorleif hatte sich gegenüber in das Sofa fallen lassen. Etwas formhalber bot er an, Kaffee zu kochen, und sah erleichtert aus, als Georg verneinte.

„Wir müssen über Amalies Wohnung sprechen", sagte er ohne Umschweife.

„Was ist damit?"

„Ich hätte gern eine Erklärung von Ihnen, warum unsere Techniker dort ein Kondom mit Ihrer DNA gefunden haben?"

Georg wartete darauf, dass Thorleif das hilflose Schweigen brach.

„Also, äh … Ich durfte manchmal Amalies Wohnung nutzen, wenn sie auf der Arbeit war. Ich fange ja etwas später an."

„Wofür nutzen?"

„Für ein bisschen Zeit allein mit François."

„Warum das?"

Thorleif rieb sich das Gesicht.

„Das ist ein wenig kompliziert. François ist eigentlich mit Tony zusammen, dem das große Zimmer neben der Küche gehört. Deshalb können wir uns hier nicht treffen."

„Kann François das bestätigen?"

Thorleif zuckte mit den Schultern.

„Sicher. Aber ich wäre sehr dankbar, wenn Sie etwas diskret sein könnten. Ich meine, wir wollen Tony ja nicht verletzen."

Georg dachte still bei sich, dass sie das vermutlich etwas früher hätten bedenken sollen. Aber er hielt seinen Mund und gab sich damit zufrieden, die Adresse von dem Laden in Østerbro zu notieren, wo François Vintagekleider verkaufte – zusammen mit Tony.

Die synthetischen Geräusche von Adlerschreien und Schwertklingen verrieten Georg, dass Thorleif sich schon wieder seinem Videospiel gewidmet hatte, noch bevor die Tür hinter ihm zugefallen war.

Es war an der Zeit, sich Mikkel Falsted vorzuknöpfen, und Georg entschied, dass ein Überraschungsangriff am besten war.

Mikkel wohnte im Stadtteil Nørrebro gleich hinter der Sankt Stefans Kirke. Als Georg einer jungen Mutter, die sich mit einem Kinderwagen abmühte, der nur gerade so durch die Türöffnung passte, die Tür aufhielt, wurde er ins Treppenhaus gelassen.

Dort roch es nach einer merkwürdigen Mischung aus Babybrei und Zigarillos.

Er klopfte ein paarmal an die Tür, ohne dass etwas passierte, und wollte schon aufgeben, als ein schwitzender und atemloser Mikkel in engen, dunklen Elastanklamotten die Treppe hochgerannt kam, den Blick auf eine gigantische Laufuhr an seinem Handgelenk geheftet.

Er zuckte zusammen, als er Georg bemerkte.

„Was machen Sie denn hier?“, rutschte es ihm heraus.

„Wir beide sind noch nicht fertig mit unserem Gespräch“, sagte Georg und sah ihm ruhig in die Augen.

Es war, als ob während der Joggingrunde aller Kampfgeist aus Mikkel herausgesickert wäre und sich stattdessen als Schweißperlen auf der Stirn gesammelt hätte.

„Nein. Das weiß ich“, sagte er leise.

Dann schloss er die Tür auf und ließ Georg nach sich in eine Anderthalbzimmerwohnung eintreten, wo eine peinliche Ordnung herrschte. Nicht mal ein einziger unabgewaschener Teelöffel lag in der Spüle. Die Zimmerpflanzen standen in Reih und Glied, und das Bett war gemacht, als ob es für eine militärische Inspektion vorbereitet wäre.

Aus einem Hängeschrank in der Küche nahm Mikkel ein Glas, ließ das Wasser kurz laufen und füllte das Glas mit kaltem Wasser, das er mit großen Schlucken trank.

Georg setzte sich auf einen Küchenstuhl, während Mikkel an der Spüle stehen blieb.

„Sie hatten ein Verhältnis“, stellte Georg fest.

Mikkel sah ihn überrascht an.

„Woher wissen Sie das?“

„Es geht hier nicht darum, dass Sie mir Fragen stellen“, bemerkte Georg knapp.

Nach und nach kam die Geschichte ans Tageslicht. Sie hatten in der Küche geflirtet, und, ja, Amalie hatte ihm zu einem Zeitpunkt Grund gegeben, zu glauben, dass sie eine Beziehung haben könnten.

„Ich war verrückt nach ihr. Schon an ihrem ersten Tag in der Küche, als sie die gesamte Brötchenproduktion des Tages hat anbrennen lassen, war ich verloren.“

„Also waren Sie zusammen?“

Mikkel lächelte traurig.

„Die Wahrheit ist, dass ich wohl mehr wollte als sie. Es war Amalie, die es geheim halten wollte. Nicht ich. Sie meinte, dass es ihre Chancen mindern würde, danach einen Job zu bekommen. Lars Strand ist kein Fan von Pärchen in der Küche. Zu viel Ärger."

„Sie haben sich also verliebt, aber es wurde nicht erwidert?"

„Am Anfang schon. Das glaube ich jedenfalls. Aber in letzter Zeit wurde sie mir gegenüber immer kühler. War immer mehr auf die Arbeit fokussiert. Wir haben uns verabredet, aber sie hat immer wieder abgesagt. Wir wollten uns treffen, dann wieder nicht, dann doch wieder. Ich wurde langsam wahnsinnig."

„Das muss hart gewesen sein?"

Mikkel nickte, aber sein Blick war weit weg.

„Ich gehe im Moment durch die Hölle deswegen. Aber ich war so irrsinnig eifersüchtig. Wir haben angefangen, zu streiten, wenn die anderen es nicht gehört haben. Ich habe sie gelöchert, aber sie hat jedes Mal abgewehrt."

„Was ist am Freitag passiert?"

„Wir haben uns wieder gestritten."

„Worüber?"

Mikkel zögerte kurz.

„Über alles Mögliche. Wir hatten abgemacht, zusammen nach Hause zu gehen, und dann wollte sie doch nicht mehr."

„Aha?"

Mikkel holte ein paarmal Luft, als ob er etwas sagen wollte, aber ihn im letzten Augenblick dann doch der Mut verließ.

„Einfach heraus damit", sagte Georg mit seiner sanftesten Stimme.

„Dann war da noch das mit Thorleif. Die beiden flüsterten und tuschelten ständig. Ich war sicher, dass er sie mir wegschnappen würde. Ein verdammter Kellner!", zischte er und zeigte vor Georg zum ersten Mal einen Anflug des Temperaments, das Helena in dem kleinen Glaskabuff hatte aufbrausen sehen.

„Hatte sie denn eine Affäre mit Thorleif?", fragte Georg unschuldig.

Die Eifersucht brodelte in Mikkel, und er füllte das Glas noch einmal mit Wasser, um sich zu beruhigen.

„Ich konnte ja nichts beweisen. Aber, ja, ich glaube schon."

„Okay. Rekapitulieren wir besagten Freitagabend: Ab wann ungefähr sind Sie beide allein in der Küche?"

„Ungefähr Mitternacht. Thorleif ist dabei, draußen im Restaurant zuzumachen. Helena ist gegangen, und der Abwäscher durfte schon früher weg."

„Und was machen Sie?"

„Wir sind nur noch dabei, abzuwaschen, ich bereite die Küche für den nächsten Tag vor. Verschaffe mir einen Überblick, was wir im Kühlraum haben."

„Was macht Amalie?"

„Räumt auf. Schneidet Gemüse für die Pickles, die über Nacht eingelegt werden sollen. Beziehungsweise … Ich glaube, dass sie das macht. Denn als ich aus dem Kühlraum komme, ist sie weg."

„Was machen Sie dann?"

„Na ja, ich kann ja sehen, dass sie nicht gegangen ist. Ihre Tasche hängt noch am Haken. Also gehe ich zur Küchentür, um zu sehen, ob sie im Restaurant ist."

„Ist sie das?"

Sie waren in einen angenehmen Rhythmus gekommen. Einen geradezu hypnotischen Zustand, in dem Georg fragte und Mikkel antwortete, als ob es ein Naturgesetz wäre.

„Ja. Sie redet mit Thorleif. Sie lachen. Sie stecken die Köpfe zusammen. Ich kann nicht hören, was sie sagen."

„Was macht das mit Ihnen?"

Mikkel schnaubte machtlos.

„Ich raste aus. Vollständig."

„Wo verbrennen Sie sie dann? Über dem Suppentopf?"

„Fond. Es war der Topf mit Fond", sagte Mikkel leise. „Ich wollte einfach nur eine Reaktion von ihr haben. Sie hat mich behandelt, als ob ich überhaupt nichts wert wäre. Hat mich ignoriert. Sogar als ich ihre Hand in den Dampf gehalten habe, stand sie nur da und sah mich an, als ob sie mich verachtete. Sie weinte nicht mal."

Georg sah, wie Mikkel eine Träne an der großen Nase entlangrollte. Oder ein Schweißtropfen. Schwer zu sagen.

„Das werde ich mir nie verzeihen", beteuerte Mikkel.

Es gab keinen Grund, es bei diesem Geständnis zu belassen. Noch nicht, entschied Georg. Sie waren jetzt so nah dran.

„Und dann hat Amalie das Restaurant verlassen?"

„Ja, dann ist sie gegangen. Sie hat mir zugezischt, dass sie mich nie mehr sehen will. Dass Lars davon erfahren würde."

„Sind Sie ihr nachgelaufen? Was ist dann passiert, Mikkel?“

Mikkel zuckte mit den Achseln.

„Ich konnte die Küche nicht verlassen. Außer mir war niemand dort.“

„Kann das irgendjemand bestätigen?“

Mikkels Lächeln war schmal und voller Selbstmitleid, als er nickte.

„Thorleif. Wir haben zusammen abgeschlossen und sind gegangen, so um eins, halb zwei.“

„Und haben Sie irgendein Alibi für die restliche Nacht?“

„Ja. Mein Bruder Gunnar hat mich abgeholt. Er ist Taxifahrer und arbeitet nachts. Er hat mich nach Hause nach Nørrebro gefahren, und dann sind wir zusammen ein Schawarma essen gegangen. Das ist unsere Freitagabendtradition.“

Georg notierte die Nummer von Gunnar Falsted und den Namen der Schawarmabar, die die Brüder besucht hatten.

Dann steckte er das kleine schwarze Buch zurück in die Tasche und stand auf. Mikkels Körper bebte, und seine Hände zitterten.

„Komme ich jetzt ins Gefängnis?“

Er klang wie ein kleiner Junge, der auf frischer Tat beim Äpfelklauen erwischt wurde.

Georg zuckte mit den Schultern.

„Vielleicht. Was du Amalie angetan hast, war grobe Gewalt. Du musst ihr sehr große Schmerzen zugefügt haben.“

Mikkel ließ den Kopf hängen, und Georg nutzte die Gelegenheit, zu fragen, ob er die Toilette benutzen dürfe. Er schloss die Tür hinter sich ab und öffnete das Schränkchen über dem Waschbecken.

Pflaster, schmerzstillendes Sport-Gel. Eine elastische Bandage und ein Rasiermesser, das schon bessere Tage gesehen hatte. Eine Flasche Mundspülung in derselben Farbe wie die Scheibenwaschflüssigkeit, die Georg im Winter in sein Auto kippte, und ein Deo von Armani. Kein Insulin.

Er verließ das Bad wieder und fragte Mikkel direkt.

„Haben Sie Diabetes?“

„Nein. Warum wollen Sie das wissen?“

„Wie ich vorhin schon sagte: Es ist besser, wenn ich die Fragen stelle.“

Auf dem Weg die Treppe hinunter schaute Georg auf sein Handy. Er hatte drei entgangene Anrufe von einer Nummer, die er nicht kannte. Er rief zurück, während er zu seinem Auto herüberging.

„Holm“, sagte die Stimme am anderen Ende.

„Guldmann“, bestätigte Georg.

„Wir wurden ja gestern unterbrochen“, begann Henrik Holm.

„Ja.“

Georg wartete, während Holm sich räusperte.

„Ich möchte die Gelegenheit gern nutzen, um … meine vorherige Erinnerung, wo ich Freitagnacht war … zu korrigieren.“

„Okay", sagte Georg so neutral wie möglich. Er versuchte, seine Hoffnung auf ein Geständnis und eine schnelle Aufklärung beiseitezuschieben und sich einfach anzuhören, was der Mann zu sagen hatte.

„Ich war tatsächlich in Christianshavn. Aber es war ein vertrauliches Anliegen. Deswegen war ich etwas … perplex, ohne Vorwarnung danach gefragt zu werden. Aber, nun ja. Ich war bei einem Treffen."

„Können Sie das etwas genauer erläutern?"

Nach einigem Zögern und Räuspern kam Holm zur Sache.

„Es handelte sich um vertrauliche politische Verhandlungen. Ich kann mir leicht ein Alibi verschaffen, aber ich hoffe, Sie verstehen, dass das äußerst sensibel ist."

„Falls es keine Relevanz für den Fall hat, in dem ich ermittle, bin ich sicher, dass es keinen Grund dafür gibt, dass Ihre Auskünfte an die Öffentlichkeit kommen."

„Gut. Dann können Sie mein Alibi bei Sonja Heltberg bestätigen lassen. Es wäre recht brisant, falls herauskommt, dass wir mit der größten Unterstützerpartei der Regierung verhandeln, verstehen Sie."

„Ich verstehe", sagte Georg, obwohl ihn Holms Selbstgefälligkeit insgeheim irritierte. Ihm persönlich fiel es schwer, zu verstehen, wie man das eigene politische Image über den Tod einer jungen Frau stellen konnte.

„Herr Holm, wenn wir uns jetzt einig sind, dass Sie im fraglichen Zeitraum in Christianshavn waren, möchte ich gern wissen, ob Sie andere Personen in dieser Gegend gesehen haben."

„Ehrlich gesagt, war ich nicht sehr aufmerksam, als ich dort langging. Ich war mit den Verhandlungen beschäftigt, die wir gerade gehabt hatten."

Georg hatte nicht die Absicht, aufzugeben.

„Versuchen Sie, sich an den Weg zu erinnern. Sie sind am Kanal entlanggegangen? Wann sind Sie bei Sonja Heltberg losgegangen? Wo wohnt sie?"

„Am Ende der Bådsmandsstræde. Ich habe nicht auf die Uhr gesehen. Aber es war fast leer auf den Straßen. Ich habe nur ein Paar aus einem Café kommen sehen."

„Haben Sie noch andere Personen gesehen?"

„Hmm. Ich habe eine vage Erinnerung, dass ein Mann in einem hellen Anzug vor mir hergegangen ist. Aber ich weiß nicht mehr, wo ich ihn gesehen habe. Ich weiß nur noch, dass ich darüber nachgedacht habe, dass nicht mehr viele mit einem Hut herumlaufen."

Endlich etwas Brauchbares.

„Erzählen Sie mir alles, was Ihnen zu diesem Mann einfällt."

„Na, das habe ich doch gerade gemacht."

„Jedes Detail könnte von Bedeutung sein."

„Er ging recht schnell. Auf mehr komme ich einfach nicht."

„Ich schicke später meinen Kollegen Falk rüber. Er ist gut darin, Details aufzuspüren."

Holm gab sich geschlagen.

„Er kann bei meiner Sekretärin einen Termin machen."

Georg saß für einen Augenblick im Auto und starrte in die Luft. Es sah so aus, als ob Henrik Holm unschuldig war. Innerhalb einer Stunde hatte er zwei potenzielle Verdächtige verloren. Er tappte wieder im Dunkeln. Wer wollte Amalie töten?

Es gab eine Person, mit der er genau jetzt gern reden würde, um seine Gedanken zu sortieren. Er schickte eine SMS: *Kaffee?*

Annika Schmidts Klinik lag mit Aussicht über den Sankt Hans Torv und erinnerte mit ihren hellen Holztischen, Designermöbeln, Vasen mit Tulpen und Kunstdrucken an den Wänden eher an die Chefetage eines mittelgroßen Unternehmens. Das Schild an der Tür mit der Aufschrift „Rechtspsychiatrische Klinik" war allerdings schwer zu übersehen.

Annikas Job war jedenfalls wie kein anderer. Neben ein paar Kollegen war die Rechtspsychiaterin vermutlich von allen, die er kannte, diejenige, die den meisten Mördern in diesem Land gegenübergesessen hatte.

Gemeinsam mit ihren Angestellten beriet sie die Gerichte, inwiefern Mörder und andere Verbrecher zum Tatzeitpunkt zurechnungsfähig gewesen waren und ob eine Gefängnisstrafe oder der Maßregelvollzug aus Sicht der Gesellschaft besser wäre.

Georg kannte keinen Richter im Land, der ihre professionelle Einschätzung nicht respektierte.

Gleich nachdem er vor fünfzehn Jahren aus Quantico zurückgekommen war, hatte er sie als seine informelle Beraterin herangezogen, wenn er in einem Fall feststeckte und neue Ideen brauchte, wie er nach seinem Täter suchen sollte.

Mit der Zeit hatten sie sich angefreundet, nicht zuletzt, nachdem sie ihre gemeinsame Leidenschaft für Schach und Filme mit Ingrid Bergman entdeckt hatten. Sie informierten sich immer, wenn sie sahen, dass ihr großes Idol im Fernsehen war.

Er meldete sich an der Rezeption an, woraufhin Annika herauskam und ihn abholte. Niemand, nicht einmal die Polizei, durfte allein in der Klinik herumlaufen.

„Gut siehst du aus", sagte er und meinte es auch so.

Annika tanzte Ballett, und auch wenn man vermutlich niemals eine normalgewichtige fünfzigjährige Primaballerina in irgendeinem Theater sehen würde, bewegte sie sich mit der natürlichen Anmut, die viele Jahre Training an der Stange mit sich brachten. Der Effekt wurde dadurch verstärkt, dass sie ihr graues Haar stets in einem Knoten im Nacken trug und eine Vorliebe für hellrote Angora-Cardigans hatte.

Auf dem Weg in ihr Büro tankten sie Kaffee am Automaten. Georg wählte einen Lungo, der allerdings in der weißen Porzellantasse aussah wie jede andere Sorte Automatenkaffee.

Schließlich setzten sie sich an ihren ovalen Konferenztisch, und Annika legte einen Notizblock bereit.

„Schieß los."

Georg erzählte von Amalie. Dem Fundort. Den Details aus ihrem Leben, die ihm bekannt waren. Der Spritze im Schulterblatt. Den beiden Verdächtigen, die beide ein Alibi hatten.

Unterdessen kaute Annika an ihrem Kugelschreiber.

„Unorganisiert oder organisiert? Hmmm."

„Die Frage ist, ob der Täter es gezielt auf Amalie abgesehen hatte oder ob es jede Frau hätte treffen können, die am falschen Zeitpunkt dort vorbeigekommen wäre. Worauf tippst du?", fragte Georg.

Die Rechtspsychiaterin grübelte aber immer noch über die Spritze nach.

„Insulin. So was habe ich ja noch nie gehört. Doch, da gab es natürlich den Fall in Glasgow. Lass mich mal nachschauen."

Sie ging zu ihrem Rechner hinüber und suchte.

„Ja. Wusste ich's doch. Ein junger Mann, der ältere Frauen hasste. Hat es geschafft, vier zu ermorden, bevor ein Arzt entdeckte, dass eine seiner Patientinnen einen Insulinschock hatte, ohne Diabetes zu haben."

„Siehst du irgendwelche Parallelen?", fragte Georg neugierig und notierte alle Details.

„Das Insulin ist natürlich ein gemeinsamer Nenner, aber unser britischer Freund tat es kontrolliert, hinter verschlossenen Türen, und griff wehrlose, alte Frauen an. Der Täter, nach dem du hier suchst, hat es auf offener Straße drauf ankommen lassen. Es scheint fast, als ob er wusste, dass es wirken würde. Als ob er es nicht zum ersten Mal ausprobiert hat."

„Oh nein. Ein Serienmörder?"

Annika zuckte mit den Schultern.

„Du hast keine anderen Opfer, also würde ich dieses Wort nicht herausposaunen. Aber meiner Meinung nach hat unser Täter alles gut durchdacht. Vielleicht hat er lange darüber fantasiert. Vielleicht hat er eine Weile geübt. Gibt es irgendwelche Berichte über Überfälle oder verdächtige Personen in derselben Gegend?"

„Trine ist dabei, das zu untersuchen."

„Waren ihre persönlichen Gegenstände in der Nähe – Tasche, Handy und dergleichen?"

Georg schüttelte den Kopf.

„Nein. Falk ist zusammen mit einem der Taucher dort, um rund um die Stelle, wo sie gefunden wurde, den Kanal abzusuchen. Aber die Chancen, dass wir etwas finden, sind verschwindend gering."

„Kann er möglicherweise eine ihrer Sachen als Trophäe mitgenommen haben? Fehlt irgendein Schmuckstück?"

„Das weiß ich nicht. Sie hatte einen Ring am Finger. Ich frage die Eltern, ob da noch was gewesen sein kann."

Annika seufzte.

„Tja. Wir haben nicht viel, von dem wir ausgehen können. Ich sage es ungern, aber entweder musst du ein paar mehr Spuren finden, mit denen du arbeiten kannst, oder deine beste Chance besteht darin, zu hoffen, dass der Täter wieder zuschlägt", sagte sie und scheuchte Georg aus dem Büro.

„Ich habe in zehn Minuten einen Termin mit einem Klienten und muss mich noch kurz in den Fall einlesen", erklärte sie.

Georg war gerade auf die Straße getreten, als wieder das Handy klingelte. Falk. Vielleicht gab es Hoffnung.

„Sag, dass du ihr Handy gefunden hast", sagte Georg.

„Nein“, antwortete Falk. „Das habe ich nicht. Aber du solltest besser sofort herkommen, Boss. Wir haben noch eine Leiche gefunden.“

Kapitel 5
Der Mörder von Manchester

Der Krankenwagen und die Kriminaltechniker waren schon eingetroffen, warteten aber auf Georg, bevor sie die Frau aus dem Wasser zogen. Genau an derselben Stelle wie vor drei Tagen hielt auch jetzt wieder der Rettungswagen, und die Absperrung befand sich nur zwanzig Meter von der Stelle entfernt, wo Amalie gefunden worden war.

Georg bückte sich unter dem weißen Plastikband hindurch, das der Öffentlichkeit signalisierte, dass eine polizeiliche Ermittlung stattfand und dass jeder, der sich auf die andere Seite des Bandes begab, das Gesetz brach.

Auf dem Bürgersteig hatte sich schon eine ganz beachtliche Traube Neugieriger angesammelt, die ihre Hälse reckten und hofften, etwas zu sehen. Einige hielten ihre Handys hoch über den Kopf und filmten.

Georg konnte das einfach nicht verstehen. Er gab einem der Techniker ein Zeichen, seinerseits die versammelte Schar zu filmen. Zum einen hatte es in der Regel kurzfristig einen abschreckenden Effekt, wenn die Kamera auf die Leute selbst gerichtet wurde. Zum anderen konnte man nie wissen, ob der Täter nicht mitten in der Menge stand und sich an seiner eigenen Arbeit erfreute. Oder vielleicht die Tätigkeiten der Polizei verfolgte, um den Ermittlern einen Schritt voraus zu sein.

Man sah deutlich, dass die Frau schon eine Weile im Kanal gewesen sein musste. Als sie auf der Bahre lag, bat Georg einen der Sanitäter, sie ein Stück anzuheben, damit er nach Nadelstichen im Schulterblatt oder Rücken schauen konnte. Aber es war unmöglich, auf der weißen, runzligen Haut der Frau mit bloßem Auge irgendetwas zu erkennen.

„Hat Melvang heute Dienst?"

Falk schaute schnell im Handy nach.

„Nein. Heute ist Villads Hansen da."

„Okay. Ich sage Villads Bescheid, wonach er suchen soll."

Er warf noch einen kurzen Blick auf die Frau. Sie war jung, vielleicht erst in den Zwanzigern, genau wie Amalie. Ungefähr derselbe Typ: helles Haar, schmal. Man konnte sehen, dass sie eine Art Unterhemd mit einem pinken BH und einen Minirock aus Leder getragen hatte, als sie im Wasser gelandet war, und Georg notierte sich, dass es vielleicht Sinn machte, im Rotlichtmilieu herumzufragen, ob dort eine Prostituierte vermisst wurde.

Er winkte Trine zu sich herüber.

„Nimm gleich Kontakt mit der Sitte auf. Frag, ob sie ein Mädchen vermissen."

Falk führte ihn zu einem halb verrotteten Stoffbeutel, der einmal weiß gewesen war. Jetzt lag er auf einem Stück Plastikplane auf dem Kai.

„Es sieht aus, als ob der hier um ihr Handgelenk gebunden und mit ein paar Pflastersteinen gefüllt war, die sie unter Wasser gehalten haben", stellte er fest.

Neben dem Stoffbeutel, der kaum noch zusammenhing, lagen die Überbleibsel von zwei Fahrrädern, ein verrosteter Einkaufswagen, tonnenweise Schrauben und Münzen aller Art und eine angeschlagene Kaffeetasse.

Falk folgte seinem Blick.

„Das wird ein Festtag in der KTU", sagte er.

„Unsere absolute Priorität ist, herauszufinden, seit wann sie im Wasser lag. Es kann einfach kein Zufall sein, dass sie hier gefunden wurde", stellte Georg fest.

„Sie muss schon vor Amalie hier gewesen sein", meinte Falk.

„Stimmt. Und sie wurde nicht eher gefunden, weil der Täter Gewichte an sie gebunden hatte."

„Könnte es nicht Selbstmord gewesen sein?", fragte Falk.

„Theoretisch, ja. Aber die Wahrscheinlichkeit ist sehr gering, dass so kurz hintereinander zwei Leichen gefunden werden, ohne dass irgendein Zusammenhang besteht", bemerkte Georg bedrückt.

Nur ein paar Minuten später hatte er Grundahl an der Strippe.

„Ein Serienmörder? Den können wir unter keinen Umständen in Kopenhagen rumlaufen haben. Was machen wir mit der Presse? Die rufen schon von *Ekstra Bladet*, *Ritzau* und *News* an."

„Ich finde, wir sollten das Wort Serienmörder vermeiden. Wir haben keinen Zusammenhang bewiesen. Aber vielleicht ist es keine schlechte Idee, sich ans Fernsehen zu wenden. Kannst du sie nicht bitten, die Aufnahmen von dem Mann mit dem Hut zu zeigen und ihn aufzufordern, sich zu melden? Und du kannst gern betonen, dass wir nach Leuten suchen, die in der Nacht von Freitag auf Samstag in der Gegend waren und etwas gesehen haben könnten. Wer meint, den Mann mit Hut wiederzuerkennen, soll sich natürlich auch gern melden."

„Ja, so machen wir's. Kann jemand die Anrufe entgegennehmen?"

„Wir könnten gut mehr Leute gebrauchen", sagte Georg.

Grundahl versprach, Leute herüberzuschicken, die die Anrufe aus der Bevölkerung entgegennehmen und den Hinweisen nachgehen sollten. Georg war erleichtert, dass nicht er es war, der in seinen feinen Anzug schlüpfen und mit braunem Puder im Gesicht in einem Fernsehstudio sitzen musste. So was machte Grundahl viel besser. Vielleicht, weil er es im Gegensatz zu Georg mochte, Aufmerksamkeit zu bekommen.

Ein Stück weiter den Kanal abwärts waren die Polizeitaucher immer noch beschäftigt, während Falk ihre Arbeit überwachte.

Nachdem Trine ihr Telefongespräch, in das sie sehr vertieft schien, beendet hatte, kam sie sofort zu Georg herüber.

„Ich habe gerade mit Mille gesprochen. Sie kommt im Augenblick nicht aus Vesterbro weg und sagt, dass es im

Prinzip unmöglich sei, einen Überblick über die ausländischen Frauen zu behalten, die kommen und gehen. Sie sind oft namenlos, und die Banden schicken sie in regelmäßigen Abständen von einer Stadt in die nächste. Daher haben sie keine Zugehörigkeit oder jemanden, der sie vermissen würde", sagte sie.

„Also eine Sackgasse?"

„Nicht ganz", antwortete Trine. „Mille meinte, sich an zwei oder drei Fälle junger Mädchen erinnern zu können, die in den letzten Monaten plötzlich aus dem Milieu verschwunden sind. Eine von ihnen passt Milles Beschreibung nach gut auf die Frau, die wir gerade gefunden haben. Ich habe versprochen, zurückzurufen."

Dann ging sie zu der Leiche herüber, knipste mit ihrem Handy schnell ein Foto und schickte es ihrer Kollegin.

Dreißig Sekunden später klingelte ihr Handy. Trine reichte es an Georg weiter – es war Mille.

„Es gab da ein Mädchen, das Ekaterina hieß, oder sagen wir mal, so nannte sie sich selbst. Sie war Osteuropäerin, vielleicht aus Litauen, aber da bin ich mir nicht ganz sicher. Ich bin ihr ein paarmal begegnet. Sie schien mir verletzlich, neu im Milieu. Es wirkte, als würde sie es hassen und die Tage zählen, bis sie ihrem Zuhälter genug zurückgezahlt haben würde. Plötzlich war sie weg. Zuerst dachte ich, dass ihr vielleicht einfach gelungen war, zu entkommen, oder dass sie woanders hingeschickt worden war. Aber dann gingen die Gerüchte auf der Straße um, dass Leka nach ihr sucht."

„Wer ist Leka?"

„Ihr Zuhälter. Er ist ein kleiner Fisch in einer der Albanerbanden. Ein kleines, schleimiges Arschloch, falls du mich fragst", sagte Mille.

„Und er hat nach ihr gesucht?"

„Ja. Was also gezeigt hat, dass sie nicht nach Italien oder Norwegen gebracht worden war oder wo zum Teufel sie die Mädchen hinschicken. Insgeheim habe ich gehofft, dass sie die Eine von zehntausend ist, die es schafft, zu entkommen. Aber sie entkommen nie", entgegnete Mille bitter.

„Wie lange ist es her, dass du sie das letzte Mal gesehen hast?"

Mille dachte einen Augenblick nach.

„Zwei, drei Wochen. Nicht länger."

„Und Ekaterina ist die Frau auf dem Foto, das Trine dir gerade geschickt hat?"

„Ja. Das ist sie."

„Danke", sagte Georg und legte auf.

Schon den ganzen Tag lang wurde Georg den Gedanken nicht los, dass er so etwas Ähnliches schon mal gehört hatte. Ein Mörder, der seine Opfer entlang der Kanäle der Stadt fand und sie ins Wasser schubste.

Er dachte an eine internationale Konferenz in Manchester zurück, an der er teilgenommen hatte. An einem der Abende war er mit einem fröhlichen Iren in einem Pub gelandet. Wie hatte er noch mal geheißen … The Hump? David Humphrey. Nachdem sie ein paar Pints intus gehabt hatten oder auch fünf, hatte Georg ins Hotel zurückgehen wollen. Sein Kollege hatte ihn gewarnt, sich von den Kanälen fernzuhalten. Und dann hatte er die ganze Geschichte ausgerollt. Dass in Manchester vielleicht ein Serienmörder frei herumlief und dass die Polizei das vielleicht jahrelang übersehen hatte.

Georg hatte zugeben müssen, dass fast dreißig unaufgeklärte Todesfälle in den Kanälen der Stadt Eindruck machten. Dennoch glaubte niemand in *The Greater Manchester Police* an die Theorie eines Serienmörders, unterstrich The Hump. Nichtsdestotrotz wählte Georg beleuchtete Straßen, als er zurück zum Hotel schwankte. Beim Gedanken, dass ein solches Monster in Kopenhagen auf freiem Fuß sein könnte, lief es ihm kalt den Rücken herunter.

Auf jeden Fall konnte niemand behaupten, dass er die Ermittlung nicht todernst nahm. Bevor er nicht einen Täter gefunden hatte, war er nicht bereit, aufzugeben. Die Vorstellung, wie der Mörder, nur um ein Gefühl der Befriedigung zu erlangen, wehrlose Frauen ins Wasser geschubst hatte, sodass sie nach Luft schnappten, Wasser in die Lungen bekamen und das Bewusstsein verloren, erfüllte Georg mit kalter, blanker Wut. Sie würden diesen Täter finden und ihn stoppen, und zwar jetzt.

Er schickte Trine hinüber zur Sitte, um zu schauen, was sie für Akten über andere eventuell verschwundene Mädchen hatten. Eine junge Frau namens Ekaterina, vielleicht aus Litauen, reichte einfach nicht aus, um anzufangen, über Europol nach vermissten Frauen zu suchen.

Der Krankenwagen fuhr in Richtung Rechtsmedizin ab, und Georg wusste, dass kein Weg drum herum führte.

Morgen würde er wieder dort stehen und einer neuen Obduktion beiwohnen. Vielleicht würde sein Kollege ihm nicht alle seine Fragen beantworten können, aber ein kompetenter Rechtsmediziner wie Villads Hansen würde zumindest angeben können, wie lange die Frau, die sich Ekaterina nannte, im Wasser gelegen hatte.

Er verfluchte sich selbst, nicht gleich am Samstagvormittag dafür gesorgt zu haben, dass der ganze Kanal durchsucht wurde. Der Gedanke, dass Ekaterina wahrscheinlich direkt vor ihrer Nase gelegen hatte, während Amalie all ihre Aufmerksamkeit eingenommen hatte, war kaum zu ertragen.

Unterdessen setzte Falk seine Arbeit mit den Tauchern und einer Horde Technikern fort, aber Georg hatte erst mal genug gesehen. Er ging ein Stück zur Seite, rief Villads Hansen an und bat ihn, speziell nach Nadelstichen zu suchen und die Frau auf Insulin zu testen. Aber die Antwort des Rechtsmediziners war ernüchternd.

„Ich suche gern nach Nadelstichen, aber die werden schwer zu sehen sein, nachdem sie so lang im Wasser gelegen hat. Und ich kann fast mit Sicherheit sagen, dass alle Spuren von eventuellem Insulin schon lange verschwunden sind. Aber ich werde es natürlich trotzdem untersuchen", versprach er.

Georg legte auf und entschied sich für einen weiteren Anruf, bevor er zurück zum Christianshavns Kanal ging.

Erneut suchte er den Kontakt zu seiner Kollegin Annika Schmidt und wählte ihre Festnetznummer in der Rechtsmedizinischen Klinik. Zum Glück war sie immer auf der Arbeit.

„Willst du vorbeikommen?", fragte sie, als Georg ihr von dem neuen Fund erzählt hatte.

„Danke, nein. Im Augenblick habe ich keine Zeit. Wir untersuchen, ob es noch mehr gibt. Das hoffe ich wirklich nicht."

„Aber es ist definitiv eine Möglichkeit", schob Annika ein.

Georg seufzte.

„Der Gedanke ist kaum zu ertragen. Aber ich muss damit rechnen. Der Zufall ist zu groß, zwei Leichen innerhalb von zwanzig Metern Abstand zu finden."

Während er ihr den makabren Fund von diesem Nachmittag schilderte, schrieb sie mit.

„Der Täter ist gut organisiert. Er nimmt die Spritzen von zu Hause mit. Also ist es geplant", sagte Annika im Brustton der Überzeugung.

„Schon. Aber auf der anderen Seite hat man ja fast immer Insulin dabei, wenn man Diabetes hat", wandte Georg ein.

„Haben wir irgendwelche Informationen über das andere Opfer?"

„Nicht viel. Sie hat sehr viel länger dort gelegen als Amalie. Weil sie mit Gewichten beschwert worden war, wurde sie so lange nicht gefunden. Vermutlich war sie eine Prostituierte. Die Sitte kennt sie."

„Hab ich doch gesagt: Der Mörder ist gut organisiert. Er hat geplant, sie mit etwas zu beschweren. Was hat er benutzt?", fragte Annika.

Georg erzählte ihr von dem Stoffbeutel und den zwei Pflastersteinen.

„Den Stoffbeutel hat er dabei, aber die Pflastersteine nimmt er sich vermutlich vor Ort. Niemand läuft mit zwei Pflastersteinen herum, ohne dass es auffällt. Also kennt er die Gegend. Weiß, dass er hier und da Pflastersteine finden kann."

„Ich lasse meine Leute im Viertel herumschauen und fragen, ob jemand ein paar Pflastersteine vermisst. Oder ob in einem Hinterhof ein Haufen Steine herumliegt", sagte Georg.

„Ich würde gern wissen, ob er für Amalie nicht dasselbe geplant hatte. Es hat ja schon mal geklappt. Warum ließ er sie dann auf der Wasseroberfläche treiben? Vielleicht wurde er gestört und konnte sein übliches Ritual nicht durchführen", überlegte Annika.

„Das ist eine mögliche Arbeitshypothese. Was denkst du über das Wasser? Warum sollte es am Kanal stattfinden?", fragte Georg.

„Vielleicht weiß er, dass Wasser die meisten DNA-Spuren zerstört. Aber es besteht natürlich auch die Möglichkeit, dass Wasser für unseren Mörder eine symbolische Bedeutung hat. Dass er es zum Beispiel als einen reinigenden Prozess betrachtet. Sünden, die reingewaschen werden müssen."

„Bei Amalie waren keine Anzeichen für eine Vergewaltigung zu sehen", wandte Georg ein.

„Nein. Er kann gestört worden sein. Dass sein zweites Opfer – oder erstes Opfer, chronologisch betrachtet – versteckt war, deutet darauf hin, dass er sich überlegt hatte, wie er die Leiche aus dem Weg schaffen kann. Meine Erfahrung mit dieser Art von Mord sagt mir, dass auf die eine oder andere Weise ein sexuelles Motiv dahintersteckt. Und falls er mitten in seiner Tat unterbrochen wurde, ist die Wahrscheinlichkeit ja groß, dass er nicht die Erlösung bekommen hat, nach der er gesucht hatte. Das kann bedeuten, dass er bald wieder zuschlägt", schlussfolgerte Annika.

„Soll ich nach einem Muster suchen, wann er zuschlägt?"

„Das könntest du machen, aber es ist schwer, annähernd stichhaltige Schlüsse zu ziehen, wenn du nicht mehr Anhaltspunkte hast."

Georg machte sich einige Notizen und erzählte ihr von dem Mann mit Hut.

„Ein Trilby, sagst du?"

Er bejahte ihre Nachfrage.

„Der Hutträger ist auf sein Äußeres bedacht. Eitel. Ich glaube nicht unbedingt, dass er verheiratet ist, aber er hat vermutlich zu Hause das Sagen. Nach außen hin wirkt er respektabel."

„Hast du irgendeine Idee, wo ich anfangen könnte, zu suchen?"

„Er wohnt nicht schlecht. Ein relativ wohlhabendes Viertel, wo es nicht auffällt, mit Hut herumzulaufen. Frederiksberg, Hellerup, irgendeine Gegend, wo er nicht zu sehr aus dem Straßenbild heraussticht", vermutete Annika.

Georg spürte die wohlbekannte Frustration. All diese Überlegungen waren nützlich, aber gleichzeitig so allgemein, dass sie ihn nicht hier und jetzt direkt auf die Fährte des Täters leiten würden. Erst wenn er einen konkreten Verdächtigen hatte, konnte er anfangen, das Profil des Täters mit den Tatsachen abzugleichen und einen Fall zu skizzieren, der vor Gericht standhalten würde.

Es war, als ob Annika seine Gedanken gelesen hatte.

„Ich glaube, du wirst am Ende deiner Jagd einen gut ausgebildeten und ebenso gut verdienenden Mann finden. Das hier sind gründlich geplante Morde, bei denen kaum Spuren hinterlassen wurden. Er ist das, wenn ich das mal ganz unprofessionell ausdrücken darf, was ich einen hinterlistigen Satan nennen möchte.“

Ihr Gespräch kam zum Ende, und Georg legte auf. Nun war es noch dringender geworden, den Mann mit Hut zu finden.

Georg ließ Falk, Trine und die Taucher mit ihrer Arbeit allein und fuhr zurück ins Büro. Der Verkehr glitt an ihm vorbei, während er versuchte, sich einen Mörder mit Hut vorzustellen. Einen freundlichen Mann, der ein junges Mädchen zu später nächtlicher Stunde nicht erschreckte. Er schüttelte den Gedanken ab und rief Astrid an.

„Es wird spät heute Abend“, teilte er seiner Frau mit.

Sie stand mit ihrem Handy im *Thorvaldsens Museum* und antwortete, dass ihr Arbeitszeiten einfach nichts ausmachen konnten, wenn sie inmitten all dieser Schönheit stand.

„Wenn du bloß herkommen und eine halbe Stunde mit mir hier stehen und sehen könntest, was ich sehe.“

Er lächelte und wusste, dass sie es ihm an seiner Stimme anhörte.

„Ein bisschen Schönheit könnte ich gut gebrauchen. Die Welt kann hässlich sein", sagte der Kommissar.

„Wir sehen uns, wenn ich nach der Oper nach Hause komme. Ich stelle ein bisschen Essen bereit – lass mir ein Glas Wein übrig", schloss Astrid.

Georg legte auf und sagte sich zum weiß Gott wievielten Mal, dass er ohne sie nicht das Geringste wert wäre.

Als er das Büro betrat, war nicht zu übersehen, dass Grundahl bei *News* gewesen war und sein Sprüchlein in die Kamera gesagt hatte.

An zwei Schreibtischen saßen Alfred Sørensen und Malte Svendsen, die die permanent klingelnden Telefone beantworteten. Georg spitzte die Ohren, als er ein paar Gesprächsfetzen von Alfreds Schreibtisch aufschnappte.

„Darf ich es so verstehen, dass Sie davon überzeugt sind, dass Ihr Nachbar der Mörder vom Christianshavns Kanal ist?"

Eine lange Pause, in der Georg hören konnte, dass am anderen Ende der Leitung schnell und eindringlich gesprochen wurde.

„Ja. Ich gebe zu, dass es merkwürdig ist, mitten in der Nacht laut Opernmusik zu hören. Das ist nicht normal. Aber es ist – leider – kein Verbrechen. Nicht einmal, wenn es sich um Wagner handelt."

Alfred schüttelte den Kopf.

„Puh …"

„Wie läuft es?", fragte Georg.

„Oh, hervorragend. Die Leute haben wirklich viel auf dem Herzen", berichtete Alfred.

„Zum Beispiel?"

„Bisher haben wir zwei oder drei, die alles gestanden haben. Fünf, die gern einen Nachbarn, einen Schwiegersohn oder einen Muslim anzeigen wollen, der im selben Haus wohnt. Der Rest sind Anrufe von Journalisten oder Leuten, die entweder kichern oder hysterisch fordern, dass wir den Serienmörder sofort fangen."

Georg sank das Herz.

„Grundahl hat doch nicht Serienmörder gesagt? Er hat nicht das Wort benutzt?"

Alfred zeigte zum Bildschirm hoch.

„Schau es dir an. Es läuft seit einer Stunde mit den anderen Nachrichten in Dauerschleife. Das Gute ist, dass sie auch ständig den Clip von der Überwachungskamera zeigen."

Er reichte Georg die Fernbedienung, und der Kommissar stellte lauter.

„Aber können Sie ausschließen, dass hier ein Serienmörder am Werk ist?", fragte die Journalistin auf dem Bildschirm.

„Es ist noch zu früh für Schlussfolgerungen. Jetzt finde ich, dass wir die Polizei ihre Arbeit machen lassen, und dabei kann die Polizei Hilfe aus der Bevölkerung gebrauchen. Falls jemand den Mann gesehen hat, den wir eben in unserem Clip gezeigt haben, dann können …"

„Aber haben die Leute kein Recht darauf, zu wissen, ob ein Serienmörder in Kopenhagen herumläuft?“, beharrte die Journalistin.

„Wie gesagt, ist es zu früh für Schlussfolgerungen …“

„Aber Sie sagen, dass es sich um Morde handelt, die sich ähneln und die nicht aufgeklärt sind?“

„Ja, aber lassen Sie mich die Dinge ins Verhältnis setzen. Wir haben ja gerade …“

Aber die Frau hatte andere Pläne.

„Jetzt frage ich Sie, Chefpolizeiinspektor Tom Grundahl: Können Sie persönlich ausschließen, dass ein Serienmörder in Kopenhagen herumläuft?“

„Äh, nein, das kann ich nicht, aber …“

„Danke. Das ist alles, was wir momentan sagen können“, unterbrach sie ihn, und im selben Augenblick schwenkte die Kamera herüber zu einem Mann vor einer Wetterkarte.

„Der Mann braucht dringend Medientraining. Er hat nicht einmal etwas auf Twitter gepostet!“, sagte Malte, der gerade ein langes Gespräch mit einem älteren Herrn beendet hatte, der den Mord an Amalie und „so ungefähr hundertfünfzig anderen jungen Mädchen“ gestanden hatte.

Bevor Malte seine Ansicht weiter erläutern konnte, klingelte das Telefon wieder.

Georg setzte sich an den Schreibtisch und fing an, die Formulare für Europol auszufüllen. Vielleicht gab es irgendwo irgendjemanden, der Ekaterina vermisste. Jemand, der in Ungewissheit lebte und zumindest eine Antwort bekommen konnte, was mit seiner oder ihrer Tochter,

Freundin oder Mutter passiert war. Sogar wenn es die furchtbarste Antwort der Welt war, war es immerhin eine Antwort. Und das war trotz allem zumindest ein klitzekleines bisschen besser als Ungewissheit, bildete Georg sich ein.

Als *News* zu anderen Nachrichten aus der großen weiten Welt überging, begannen die Anrufe langsam abzuklingen.

Georg bat Malte, bei Hutläden in Kopenhagen anzurufen, sobald sie morgen früh öffneten, um zu fragen, ob sie Kunden kannten, die dort einen Trilby gekauft hatten.

„Also, ich kann es gern machen. Aber wer auch immer er ist, kann er den Hut ja ebenso gut im Internet gekauft haben. Oder in einer anderen Stadt oder im Ausland", wandte Malte ein.

Georg seufzte.

„Du hast recht, aber im Moment müssen wir jeden Stein umdrehen. Wir müssen den Mann mit dem Hut finden."

„Selbstverständlich, Chef."

Aber Georg wusste genau, dass Malte recht hatte. Nur mit außergewöhnlich großem Glück würde er genau den Hutladen ausfindig machen, wo der Gesuchte einen im Übrigen recht gewöhnlichen Herrenhut gekauft hatte. Und zu guter Letzt – sie konnten sich bei Weitem nicht sicher sein, dass er tatsächlich der Mörder war.

Er wandte sich an Alfred, der die Hinweise in chronologischer Reihenfolge in den Computer einpflegte und sorgfältig die Namen, Adressen und Verdachte der Leute eintrug, egal, wie unbrauchbar sie im ersten Augenblick zu sein schienen. Man wusste nie, und falls es sich um die Sorte psychopathischen Mörder handelte, der es als ein Teil des Spiels betrachtete, über die Polizei zu triumphieren, wäre es nicht das erste Mal, dass der Täter auf die Idee kam, selbst anzurufen und Tipps zu geben.

„Ist irgendwas dabei, was wir weiterverfolgen sollten?"

Alfred schüttelte den Kopf.

„Nichts, was sich direkt dazu anbietet. Nichts, was heraussticht. Vielleicht abgesehen von dem hier", sagte er und reichte Georg einen gelben Zettel.

„Mir ist der Name aufgefallen, aber ich bin nicht mal sicher, dass es um einen Hinweis geht. Vielleicht will er nur wissen, wie es mit dem Fall läuft. Er ist schließlich rechtspolitischer Sprecher."

„Henrik Holm. Besteht darauf, mit Guldmann persönlich zu sprechen", stand da in Alfreds ordentlicher Druckschrift.

Darunter eine Handynummer. Georg rief sofort zurück.

Henrik Holm erklärte, dass er zufällig bei *News* im Studio gesessen und auf seinen Einsatz in einer TV-Debatte gewartet hatte, die gleich nach Grundahls Interview stattfinden sollte. Deshalb hatte er den Beitrag gesehen.

„Irgendetwas an dem Mann in dem Clip von der Überwachungskamera hat mich an etwas erinnert."

„Ja?", sagte Georg.

„Ich bin nicht hundert Prozent sicher, aber ich glaube, dass er es war, den ich Freitagnacht vor mir hergehen gesehen habe. Kann es passen, dass er nicht sehr groß war?"

Georg versuchte, sich die Bilder ins Gedächtnis zu rufen, und notierte sich Holms Angabe als möglichen Teil der Personenbeschreibung, die sie eventuell später herausschicken würden.

„Möglich."

„Wie gesagt, ich war ja gerade bei dem Treffen mit Sonja gewesen, und wie besprochen, habe ich meine Fraktionsvorsitzende angerufen, sobald ich das Treffen verlassen habe. Sie war wach geblieben und wartete darauf, zu hören, was Sonjas neuester Zug war. Daher habe ich mit ihr telefoniert, während ich Richtung Torvegade hochgegangen bin. Zwischendurch bin ich stehen geblieben und habe zur Vor Frelsers Kirke rübergeschaut, das weiß ich noch."

„Wir lange haben Sie dort gestanden?"

„So fünf, sechs Minuten, während wir unsere Strategie und nächsten Züge besprochen haben. Ich erinnere mich, dass ich mich umgeschaut habe, weil ich sicher sein wollte, dass niemand in der Nähe ist, der mich hören kann. Es ist, wie Sie wissen, ein sensibles Thema."

„Und was haben Sie gesehen?"

„Eigentlich nicht so viel. Wo ich stand, war alles recht verlassen. Es war spät, und eigentlich war niemand in der Nähe. Aber trotzdem. Kennen Sie das, wenn man sozusagen etwas sieht und gleichzeitig nicht sieht, so im äußersten Blickfeld?"

„Peripheres Sehen."

„Genau. Es war quasi nur diese Wahrnehmung, eine plötzliche Bewegung. Das Gefühl, dass irgendwas in der Nähe war."

„Haben Sie noch mehr gesehen?“

Holm seufzte.

„Guldmann. Ich würde wirklich gern mehr helfen können als so. Aber es war nur dieses Gefühl. Kurz danach habe ich das Gespräch beendet und bin weiter in Richtung Brücke gegangen. Und dort, weit vor mir, konnte ich einen Mann sehen. Das Einzige, an das ich mich erinnere, ist der helle Anzug, und ich bin auch ziemlich sicher, dass er einen Hut aufhatte und schnell ging. Er war nicht besonders groß. Glauben Sie mir, ich habe wirklich nachgedacht, ob ich mich an noch irgendetwas erinnere. Aber mein Kopf ist blank. Leider. Deswegen habe ich auch nicht früher angerufen, weil ich ja kaum etwas zu sagen habe, aber mein Gewissen hat mir trotzdem geraten, es zu tun.“

Georg dachte sich seinen Teil. Es war trotz allem nicht lang her, dass der Mann ihm direkt ins Gesicht gelogen hatte. Das Gewissen war wohl für Holm wie für die meisten Menschen von dehnbarer Größe.

„Danke für den Anruf. Ich werde mich vermutlich später noch mal melden. Rufen Sie unbedingt an, falls Ihnen noch mehr Details einfallen“, sagte er.

Als Georg gerade auflegen wollte, fing Holm wieder an zu reden.

„Da war noch eine Sache. Ich weiß nicht, ob es irgendetwas bedeutet, und mir ist klar, dass es etwas komisch klingt. Aber es war, als ob irgendjemand in der Nähe war, der summte.“

„Summte?“

„Ja. Es war ganz leise. Während meine Fraktionsvorsitzende wegging, um ihre Katze reinzulassen, gab es gerade eine kurze Pause in meinem Telefongespräch. So lange stand ich da in der Stille, und da konnte ich jemanden summen hören."

„Wissen Sie noch, was da gesummt wurde?"

„Nein. Ich kannte die Melodie nicht. Aber ich glaube, es war kein Pop. Vielleicht irgendetwas Klassisches. Ich würde vielleicht Oper sagen, aber da kenne ich mich nicht genug aus."

Georg legte auf. Er spürte, wie sich die kleinen Härchen in seinem Nacken aufstellten. Der Gedanke, dass der Mörder möglicherweise vor sich hin gesummt hatte, während er Amalie kaltblütig ermordete, war kaum zu ertragen.

Am späten Abend kamen Falk und Trine zurück, und Grundahl steckte den Kopf durch die Tür, um ein wenig moralische Unterstützung zu geben, während Georg in einer Asiabox mit thailändischem Essen herumstocherte, das Trine mitgebracht hatte, offensichtlich völlig unwissend, dass Mordermittlungen Junkfood von ganz anderem Kaliber erforderten.

„Hervorragende Arbeit bisher", sagte Grundahl.

Georg hörte die Worte, aber er konnte sich nicht richtig darüber freuen, bevor er seinen Täter festgenommen hatte.

„Wie weit sind wir damit, den Mann mit Hut zu identifizieren?", fragte Grundahl und berührte damit den wunden Punkt.

„Wir haben immer noch keinen Namen. Aber das ist eine Frage der Zeit. Wir hoffen weiterhin, hilfreiche Hinweise aus der Bevölkerung zu bekommen."

Grundahl lächelte bei dem Gedanken, dass er selbst eine nicht unbedeutende Rolle darin gespielt hatte, dafür zu sorgen, dass die Anrufe sich so häuften.

Taktvoll vermied es Georg, den Gebrauch des Wortes Serienmörder zu erwähnen. Strenggenommen war es ja auch nicht Grundahls Schuld.

„Ich überlege, ob wir den Streifendienst bitten sollen, nachts mehr in Christianshavn zu patrouillieren? Nur bis sich die Leute sicherer fühlen?"

Dazu hatte Georg keine Meinung. Zumindest keine, die er mit Grundahl teilen wollte.

„Das können wir machen", entgegnete er gutmütig.

„Das sieht handlungskräftig aus. Und Handlungskraft brauchen wir", entschied Grundahl energisch und trippelte wieder in sein eigenes Büro hinüber.

Um 22:30 Uhr schickte Georg sein Team nach Hause. Sie traten zurzeit auf der Stelle, und es gab nicht viel mehr zu tun, als auf die Obduktion am nächsten Morgen und die Ergebnisse der KTU zu warten. Schließlich fuhr auch er nach Hause zu Astrid.

Sie saß im Wohnzimmer und schaute auf dem Kultursender DR-K eine Schwarz-Weiß-Doku. Nach einem Blick auf ihren Mann ging sie in die Küche und kam fünf Minuten später mit einem kalten Bier und frischem Popcorn zurück.

Georg kam gar nicht dazu, auch nur ein einziges Popcorn zu probieren, denn er schlief mit offenem Mund auf dem Sofa ein. Also trank Astrid das Bier selbst und lauschte den Kampfflugzeugen und einem Sprecher, der von den Bombenangriffen der Alliierten auf Dresden berichtete. Dann geleitete sie ihren Mann ins Bett.

Astrid war schon aufgestanden, als Georg aufwachte, und das weckte immer eine kleine Unruhe in ihm. Dann war sie es, die die Eier kochte, und die wurden nie ganz richtig. Im Gegensatz zu Georgs bombensicherer Methode benutzte Astrid eine Sanduhr, und so was musste ja schiefgehen.

Er schlüpfte in den Morgenrock und schlurfte in die Küche, wo sie mit der Nase im Kulturteil saß.

„Morgen", sagte er und goss sich Kaffee ein.

„Hmpf", grummelte sie.

„Was ist denn?"

Sie legte wütend die Zeitung zur Seite.

„Ah. Es ist bloß dieser Idiot, Eskild Alberik."

Georg hatte den Namen schon mal gehört, aber konnte ihn nicht richtig zuordnen.

„Endlich. Nach einer Woche kommt er endlich in die Puschen, die Wagner-Vorstellung zu rezensieren. Und was hat er zu sagen, der kleine Giftzwerg?"

Georg musste glatt zugeben, dass er das nicht wusste.

Astrid schlug mit der flachen Hand auf die Zeitung.

„Er ist skrupellos. Die Kleider der Rheintöchter seien so abstoßend, dass sie aussähen wie ‚ein Verkehrsunfall der Haute Couture'", äffte sie nach.

Während Georg nach Worten suchte, um die Chefin der Kostümabteilung zu beruhigen, die ihm im Schlafanzug gegenübersaß, fuhr sie fort:

„Wie sieht er denn selbst aus? Er rennt herum wie irgendein Flaneur mit diesem lächerlichen Hut, mit dem er einen Mann von Welt darstellen will. Und er hört nicht damit auf, den Sopranen Blumen zu schicken. Die finden ihn unangenehm."

„Hut?", wiederholte Georg.

„Ja. Ein alberner Trilby. Ich meine, wer läuft heutzutage mit einem Trilby herum, außer, man ist ein selbstherrlicher Idiot, der von seiner eigenen Macht als Rezensent berauscht ist?"

„Wann hattet ihr noch mal die Premiere vom *Rheingold*?"

Astrid rollte mit den Augen.

„Georg. Ernsthaft. Hörst du mir eigentlich zu, wenn ich mit dir rede? Das war am Freitag!"

Aber Georg war bereits am Telefon. Erst rief er Trine an, dann Falk.

„In einer halben Stunde im Büro", sagte er nur.

Astrid musste ihr Frühstücksei wieder allein essen.

Kapitel 6
Ein anständiger Herr

Als Trine und Falk ins Büro kamen, hatte Georg Eskild Alberik bereits gegoogelt und um die zwanzig Seiten ausgedruckt. Die lagen nun in einem fein säuberlichen Stoß vor ihm auf dem Tisch, und er fing damit an, sie auszuteilen. Der letzte Zettel auf dem Stapel war die neueste Rezension, in der Eskild Alberik Astrids Kostümabteilung beschimpft hatte.

Falk warf einen Blick auf die Papiere.

„Opernkritiken? Nur Wagner. Ich schätze deine Initiative, Chef, und dass du dich für mein Hobby interessierst und alles. Aber musste ich wirklich deswegen hierher hetzen

„Schau auf die Verfasserzeile."

„Von Eskild Alberik", las Trine.

Falk pfiff durch die Zähne.

„Das gibt's doch nicht. Du glaubst, er war es?"

Georg schaute Falk an.

„Du kennst ihn?"

„Nein. Also, nicht persönlich. Aber er ist ja nun mal Opernkritiker. Er schreibt tatsächlich verdammt gut und ist vielleicht einer der qualifiziertesten Rezensenten, die wir in diesem Land haben. Zumindest, was Wagner angeht."

Georg klopfte auf die Wagner-Rezension.

„Diese Rezension zeigt, dass er an dem Abend, an dem Amalie ermordet wurde, in der Oper war. Ergänzt durch die Tatsache, dass es fast eine Art Markenzeichen von ihm ist, mit Hut herumzulaufen, besteht kein Zweifel, dass er in den Ermittlungen nun eine Person von besonderem Interesse ist. Ich bin ziemlich überzeugt davon, dass er es ist, der auf den Kameraaufnahmen zu sehen ist, die sich fast mit dem Zeitpunkt von Amalies Mord decken. Warum hat er sich nicht gemeldet? Falk, du kennst dich mit der Oper aus, also schlage ich vor, dass du ihn dir näher anschaust. Gibt es weitere Gründe, die ihn für uns interessant machen?"

Trine räusperte sich.

„Ich habe eine Freundin in der Kulturredaktion, wo er arbeitet. Soll ich sie kontaktieren?"

„Ja. Hervorragend. Aber sei sehr diskret. Ich will nicht, dass Alberik auch nur im Geringsten das Gefühl kriegt, dass wir uns für ihn interessieren. Wir dürfen ihn nicht verschrecken und ihm die Chance geben, seine Spuren zu verwischen."

In der Zwischenzeit hatten Malte und Alfred den Raum betreten. Während Malte seinen Laptop unterm Arm hielt und sich an die Wand lehnte, wo neben der Karte der

Hafengegend und den Bildern von Amalie nun auch ein Polizeifoto von Ekaterina hing, hatte Alfred sich auf einen grünen Bürostuhl gesetzt. Dessen Scharniere waren so lose, dass es bei jeder kleinsten Bewegung rasselte.

„Malte. Du prüfst alles, was in den öffentlichen Registern zu finden ist. Ich will von jedem Knöllchen wissen, das er bekommen hat, oder ob er mit fünfzehn dabei erwischt wurde, sein Mofa zu frisieren. Mit wem er zusammenwohnt. Das ganze Programm, okay?"

Malte hatte sich an einen der vier Schreibtische gesetzt und war schon bei der Arbeit.

„Hier ist die Adresse: Alhambravej 87, dritter Stock. Es wohnt noch eine andere Person in derselben Wohnung, Rosa Alberik. Das ist wohl seine Frau", vermutete Malte.

„Hey, warte mal", unterbrach Alfred ihn und öffnete ein Dokument auf seinem eigenen Computer. „Die Adresse habe ich schon mal gehört … Ja, hier ist sie. Eine Frau im zweiten Stock vom Alhambravej 87 hat angerufen und wollte den Nachbarn über ihr melden, weil er sich ‚mysteriös verhalten hat'. Als ich sie gefragt habe, ob sie das näher erklären könne, hat sie erzählt, dass er in der Nacht, in der Amalie verschwunden ist, sehr laut Wagner gehört hat. Ich habe das nicht für sehr bedeutend gehalten, muss ich sagen. Ruth Nielsen. Hat sich als pensionierte Gerichtsvollzieherin vorgestellt."

„Gut gemerkt, Alfred. Ich fahre heute Nachmittag bei ihr vorbei, wenn ich bei der Obduktion von Ekaterina fertig bin. Dann treffen wir uns und tragen zusammen, womit wir weiterarbeiten können. Malte, kannst du Kim von der KTU anrufen und fragen, ob die etwas Neues haben?"

Nach Melvang war Villads Hansen der Rechtsmediziner, den Georg am besten leiden konnte. Im Gegensatz zu Melvang hatte Villads eine Art trockenen Galgenhumor, der seine makabre Arbeit etwas leichter machte, jedoch nie auf Kosten der Toten ging. Die behandelte Villads stets mit dem tiefsten Respekt. Aber inkompetente Ermittler und Polizisten, die seiner Meinung nach oft intellektuell herausfordernd waren, wurden nicht zimperlich behandelt.

Die tote Frau, die vielleicht Ekaterina hieß, lag vor dem Rechtsmediziner auf dem Tisch. Villads und sein Assistent schnitten vorsichtig ihre Kleider auf und legten diese Stück für Stück in die Beweisbeutel für das Labor. Sie arbeiteten schweigend. Währenddessen saß Georg daneben auf einem Stuhl und schaute zu.

„Ich habe eine gute und eine schlechte Nachricht", sagte Villads schließlich.

„Die schlechte Nachricht ist, dass ich wie erwartet nicht feststellen kann, ob sie eventuell einen Nadelstich am Schulterblatt gehabt hat. Ich kann es nicht ausschließen, aber die Haut ist nach der Zeit im Wasser zu sehr aufgeweicht. Dagegen mangelt es nicht an Einstichstellen hier", sagte er und zeigte auf die Innenseite des Unterarms der Frau.

„Drogenabhängig?", fragte Georg.

„Ja, aber noch nicht lange. Es hat sich noch kein Narbengewebe gebildet, also gehe ich davon aus, dass sie erst vor wenigen Monaten angefangen hat."

Georg wusste nur allzu gut, dass viele Banden Drogen als Druckmittel nutzten, um die Mädchen dazu zu bringen, zu gehorchen und sich in eine Art ewige Sklaverei einzufügen. Sie lieferten den Stoff, von dem sie die Mädchen selbst abhängig gemacht hatten, und trieben sie so in eine bodenlose Schuld, die sie niemals abbezahlen konnten, auch wenn sie mit zwanzigtausend Männern ins Bett stiegen.

Er wurde oft gefragt, ob die Arbeit mit Mordfällen ihn nicht kaputt und zynisch machte. Aber für Georg wäre es der wahre Albtraum, mit Menschenschmuggel und diesen Banden zu arbeiten. Einen Fall nach dem anderen aufzuklären, während Hunderte neuer Mädchen in die Bordelle strömten und genau dieselben Fehler begingen wie ihre Vorgängerinnen. Er verstand nicht, wie jemand mit dieser Frustration leben konnte. Bei Mord wusste man, woran man war. Morde konnten gelöst und aufgeklärt werden. Es war eine abgeschlossene Handlung. Außer natürlich, wenn es sich um einen Serienmörder handelte. Er zwang seine Gedanken zurück in den sterilen Raum in der Rechtsmedizin.

„Was ist die gute Nachricht?"

„Dass wir ein Haar gefunden haben, das auf wundersame Weise im Wasser überlebt hat. Ich weiß noch nicht, wie zerstört das DNA-Material ist, aber wir haben mit den Analysen angefangen."

Georg versuchte, seine Hoffnung zu zügeln.

„Wir haben also die Chance auf ein DNA-Profil?"

„Eine reelle Chance. Aber selbst wenn wir es bekommen, vergiss nicht, dass sie Prostituierte war. Daher besteht das Risiko, dass sie nahen Kontakt mit anderen hatte, bevor sie ihrer letzten, tödlichen Herrenbekanntschaft begegnet ist", wandte Villads ein.

„Wo habt ihr es gefunden?"

„In ihrem BH", antwortete der Rechtsmediziner und zeigte auf die weiße Papiertüte, auf der „Beweismaterial" stand.

„Wie lange hat sie im Wasser gelegen?"

„Ungefähr zwei Wochen. Ich weiß es genauer, wenn ich die Proben aus dem Labor zurückbekommen habe."

Georg entschied sich, die Mittagspause zu überspringen und direkt in den Alhambravej zu fahren, sobald Villads Hansen die Obduktion für überstanden erklärte.

Das Haus, in dem Eskild Alberik wohnte, war nichts Außergewöhnliches. Es sah aus wie jedes andere rote Backsteingebäude in Frederiksberg. Stattlich und diskret. Georg parkte sein Auto ein paar Hausnummern von der eigentlichen Adresse entfernt, ging zur Haustür und stellte fest, dass auf dem Klingelschild für den dritten Stock nur R. & E. Alberik stand. Bei den anderen Etagen standen jeweils zwei Namen. Das deutete darauf hin, dass Eskild und seine Frau die ganze oberste Etage für sich allein hatten.

Ruth Nielsens Klingel lärmte wie ein wütender Erpel, und sie drückte auf den Türöffner, bevor er „Polizei“ sagen konnte.

Er schleppte sich in den zweiten Stock, wo sie schon in der Tür stand. Sie hatte einen sehr glatten, grauen Pagenschnitt und trug einen großen, grauen Cardigan, der selbst gestrickt aussah. Die Wohnung roch ein bisschen nach Schimmel.

„Ich habe nur Kamillentee. Möchten Sie?“

Georg sagte aus Höflichkeit ja, auch wenn er dieses Gesöff in Wirklichkeit nicht ausstehen konnte.

Sie rumorte in der Küche herum, während Georg sich umsah. Schicke, klassische Fünfzigerjahre-Möbel. Auf einem prominenten Platz im Wohnzimmer stand ein Käfig mit zwei Langhaarmeerschweinchen. Er ging heran und steckte einen Finger hinein, woraufhin die Tiere ihn misstrauisch anstarrten. Dann machten sie weiter mit ihren Meerschweinchenaktivitäten, die sich, soweit Georg beurteilten konnte, ganz zentral um das Kauen von Sonnenblumenkernen drehten. Überraschende Wahl von Haustier für eine erwachsene Frau, dachte er.

„Oh, Sie haben Pjot und Pjuske kennengelernt“, sagte Ruth Nielsen, als sie mit einem Tablett mit zwei großen Keramikhumpen hereinkam. „Ich hüte sie für meine Enkel. Die machen Urlaub auf Malta.“

Das erklärte einiges.

Georg nahm in einem Sessel Platz, Ruth Nielsen auf dem Sofa. Er lobte den Tee und die Wohnung, aber merkte schnell, dass sie nicht der Typ war, der Smalltalk brauchte. Das war vermutlich auch keine Spitzenkompetenz, die man als Gerichtsvollzieherin trainierte.

„Sie haben wegen des Nachbarn angerufen, der über Ihnen wohnt?“, fragte Georg.

„Ja. Also, mir ist klar, dass Ihr Kollege, mit dem ich gesprochen habe, es für Quatsch hielt, wegen einem Mann anzurufen, der nachts zu laut Opernmusik hört, und dass Sie jetzt denken: Was hat das mit Mord zu tun?“

Georg wählte den diplomatischen Weg.

„Nun bin ich ja hergekommen, um zu hören, wo Sie den Zusammenhang sehen“, sagte er aufgeschlossen.

„Und darüber bin ich froh. Denn da oben gehen noch andere merkwürdige Sachen vor sich“, verriet sie und schickte einen vielsagenden Blick Richtung Zimmerdecke.

„Und was sind das für Sachen, Ruth?“

„Manchmal streiten sie sich lautstark. Andere Male hört man so ein lautes Rumsen von da oben. Als ob sie die Möbel herumschieben.“

„Wie gut kennen Sie Alberik und seine Frau?“

„Nein, nein, das ist nicht seine Frau. Das ist seine Schwester. Ich fand es eigentlich schon immer etwas merkwürdig, dass sie immer noch zusammenwohnen, Bruder und Schwester. Ich meine, wer lebt in dem Alter mit seiner Schwester zusammen? Da muss doch irgendwas nicht stimmen.“

Georg vermied einen Kommentar.

„Was denken Sie, was da sein könnte?“

Ruth Nielsen wand sich.

„Na ja, also, das ist doch einfach nicht normal, finde ich."

„Da kann etwas dran sein", bemerkte Georg neutral.

Ruth nahm einen Schluck von ihrem Kamillentee.

„Er grüßt auch nie im Treppenhaus. Sie grüßt, aber sie kommt nicht so oft raus. Nicht, seit sie Probleme mit den Beinen hat", erklärte Ruth.

„Was ist Ihr Eindruck von der Schwester?"

„Sie ist schon höflich. Vielleicht etwas aufgeblasen. Sie haben die Wohnung ja von den Eltern übernommen, also wohnen sie am längsten im Haus, und das merkt man ihr an. Ihre Attitüde. Er hält sich auch nicht gerade zurück. Bei der letzten Vorstandssitzung des Eigentümervereins hat Madsen aus dem ersten Stock vorgeschlagen, dass wir die Kellerräume rotieren. Warum sollen gerade die den größten Keller haben, nur weil ihre Wohnung am größten ist? Das macht ja keinen Sinn. Zumindest könnten sich die verschiedenen Parteien ja abwechseln."

„Wie hat Alberik reagiert?"

„Ich glaube, ich habe ihn noch nie so wütend gesehen. Es war seltsam, weil er ja sonst so aalglatt ist. Immer entgegenkommend und ausgesprochen höflich auf diese kühle Art, die er hat. Aber diesmal hat er auf den Tisch gehauen und gesagt, dass das völlig ausgeschlossen sei. Ich weiß nicht mehr, was er genau gesagt hat, aber er hat die Sache so gründlich niedergeschmettert, dass die Familie Madsen sicherlich zwei Generationen wartet, bis sie die Sache noch mal anspricht", meinte Ruth.

„Haben Sie Schlüssel zum Keller?"

Ruth nickte.

„Das haben alle Wohnungen."

„Können Sie mir den Keller zeigen?"

„Okay. Jetzt gleich?"

„Ja, bitte."

Sie nahm den Schlüssel aus einer Küchenschublade, und sie gingen gemeinsam die Treppe runter und weiter in einen Keller, der nach feuchtem Beton, halb verschimmelten Pappkartons und Leinöl roch.

An der einen Seite des Kellers war eine Wand aus Masonit aufgebaut. Sechs Türen in einer ordentlichen Reihe waren von eins bis sechs nummeriert.

„Ich habe die Nummer fünf", erklärte Ruth.

„Und dann hat Alberik die Nummer sechs?", fragte Georg.

Sie schüttelte den Kopf.

„Nein. Sie haben Nummer sieben. Da drüben. So hat der ganze Krach angefangen, dass sie einen viel größeren Raum haben als wir anderen alle", sagte sie und zeigte auf eine grau gestrichene Holztür herüber, die zu einem Raum führte, der sich anscheinend über die ganze Giebelseite des Hauses streckte.

Georg ging herüber und ruckte aus reiner Gewohnheit an der Tür. Aber schon bevor seine Hand die Klinke heruntergedrückt hatte, wusste er, dass es umsonst war. Über dem Schlüsselloch befanden sich nicht weniger als drei Riegel mit soliden Vorhängeschlössern. Allesamt verschlossen.

„Sind die neu, nach dem Streit um den Raum?", fragte er und zeigte auf die Schlösser.

„Nee. Die waren da schon immer. Ich denke, dass vielleicht ein paar Erbstücke von den Eltern da drinstehen und sie Angst vor Einbruch haben. Vielleicht ist es eine Bedingung der Versicherung. Was weiß ich."

Erbstücke hin oder her, Georg wusste, dass der Kellerraum als einer der ersten Orte durchsucht werden würde, wenn es so weit war.

Sie gingen wieder hoch ans Tageslicht, und Georg verabschiedete sich von Ruth und ihrem Kamillentee mit einer Ermahnung.

„Ruth. Es ist wichtig, dass unser Gespräch bis auf Weiteres unter uns bleibt. Ich möchte nicht, dass es der Familie zu Ohren kommt, dass wir sie uns etwas näher anschauen."

Ihre Augen wurden groß.

„Aber … aber glauben Sie wirklich, dass Alberik etwas mit den Mädchen zu tun hat?"

„Noch wissen wir gar nichts, Ruth. Aber wir müssen schließlich allen Spuren nachgehen. Bis auf Weiteres hoffe ich, dass ich mich auf Ihre Diskretion verlassen kann."

Sie nickte energisch.

„Selbstverständlich. Das versteht sich von selbst. Ich habe großen Respekt vor den rechtlichen Abläufen. Wir sind ja fast eine Art ehemalige Kollegen", beteuerte sie.

Auf dem Weg zurück ins Büro hielt er bei einem Starbucks und kaufte ein Sandwich und einen Kaffee. Er musste den Kamillengeschmack mit etwas Stärkerem wegspülen, wenn er irgendetwas aufdecken sollte.

Als er das Büro betrat, spürte er sofort an der nervösen Energie, dass sie etwas gefunden hatten. Sein Blick fiel auf Malte, der angespannt vor einem großen Stapel Papiere saß.

Sie versammelten sich um den Konferenztisch vor der Pinnwand. Neben den Bildern von Amalie und Ekaterina hing seit Neuestem ein Porträt von Eskild Alberik. Es ähnelte dem kleinen Autoren-Foto aus der Zeitung.

„Malte, willst du anfangen?", fragte Georg und leerte die letzten Tropfen Kaffee aus seinem Pappbecher.

„Alberik scheint ein sehr anständiger Herr zu sein. Zahlt seine Steuern, hat keine Schulden beim Staat außer einem Studienkredit, der mehr als zwanzig Jahre zurückliegt und schon abbezahlt ist. Er hat weder Auto noch Führerschein, also gibt es keine Vermerke wegen zu schnellem Fahren oder Falschparken. Er war nie verheiratet und wohnt an derselben Adresse wie seine sieben Jahre ältere Schwester. Sie war auch nie verheiratet. Weder ist sie bei irgendeinem Arbeitgeber registriert noch bei der Steuerbehörde."

„Okay?"

Malte bewies ein gewisses Talent für Dramaturgie.

„Aber jetzt wird es interessant! Dieser anständige Mann erhielt als Fünfzehnjähriger eine sogenannte Jugendsanktion mit darauffolgender sozialpädagogischer Behandlung."

„Da gehört allerdings einiges dazu. Was zum Teufel hat der Kerl ausgefressen?", fragte Falk.

„Ja, das war etwas schwierig, herauszufinden. Das Urteil ist eigentlich nicht mehr einsehbar und war dazu berufen, in Vergessenheit zu geraten. Aber ich konnte sehen, wer der Richter gewesen war und nicht zuletzt die Sozialarbeiterin, die den Fall zugeteilt bekommen hat. Eine Benthe Quist."

„Gute Arbeit", sagte Georg.

„Sie ist natürlich inzwischen in Rente, aber ich habe sie in Odsherred gefunden, wo sie mit ihrem Mann in einem Sommerhaus wohnt. Auch wenn es um die dreißig Jahre her ist, konnte sie sich gut an den Fall erinnern."

„Erzähl", bat Trine.

„Der junge Eskild hat eines Abends eine Turnhalle in Brand gesetzt – wohlgemerkt, während dort eine Theatervorstellung stattfand."

„Wusste sie, warum?"

„Benthe meinte, dass er nie eine Erklärung abgegeben hat."

„Und warum wurde er nicht härter bestraft? Das reicht doch, um zumindest in einer Institution zu landen?"

„Zum Ersten war er gerade erst fünfzehn geworden, also nur ein paar Monate über der Strafmündigkeit. Zum Zweiten hatte der Brand auf wundersame Weise nur materiellen Schaden angerichtet. Ein paar der Schauspieler hatten eine leichtere Rauchvergiftung, aber darüber hinaus wurde niemand ernsthaft verletzt. Zum Dritten meinte Benthe, sich daran erinnern zu können, dass seine Schwester sich für ihn eingesetzt hat. Sie hatte erklärt, dass er ein schwieriges Jahr gehabt hatte. Das ist schon an sich bemerkenswert, weil sie in der Vorstellung die Hauptrolle spielte."

„Und stimmt es, dass er es schwer gehabt hat?“, unterbrach Georg.

„Ja. Sein Vater war bei einem Verkehrsunfall umgekommen, ungefähr ein halbes Jahr vor dem Vorfall. Die Mutter hat es nicht gut verkraftet. Zwei Monate später ist auch sie gestorben. Also waren Eskild und seine zweiundzwanzigjährige Schwester auf einen Schlag elternlos geworden.“

„Kennen wir die näheren Umstände des Todes der Mutter?“, fragte Falk.

Malte schüttelte den Kopf.

„Noch nicht. Es ist so lang her, dass es nicht elektronisch registriert ist, aber ich habe jemanden beauftragt, im Archiv zu suchen. Es sollte eine Akte geben. Zwar ist es ja viele Jahre her, aber Benthe meinte sich daran zu erinnern, dass die Mutter sich umgebracht hat.“

„Und Eskild, was ist dann mit ihm passiert?“

Malte zuckte mit den Achseln.

„Soweit ich sehen kann, hat er sich seitdem unauffällig benommen. Er war auf dem Gymnasium, hat einen guten Abschluss gemacht. Ist danach direkt auf die Universität und hat Musikwissenschaft studiert.“

Hier übernahm Falk die Erzählung.

„Nach einem Sabbatjahr, in dem er unter anderem in Italien und Deutschland Opernmusik studiert hat, wurde er von der Zeitung als Opernkritiker angestellt. Ab und zu schreibt er auch über klassische Konzerte. Dann und wann ein Interview mit einem Dirigenten oder Solisten. Er reist in ganz Europa herum und rezensiert Opern mit dem Schwerpunkt auf Wagner. Und mit einem besonderen Interesse für den Opernzyklus *Der Ring des Nibelungen*. Eine Oper in vier Teilen, die über vierzehn Stunden dauert."

Georg sah Trine an.

„Was hat deine Freundin über Alberik gesagt? Ist er in der Redaktion beliebt? Ein guter Kollege?"

„Nein, nicht ganz", antwortete sie.

„Meine Freundin Marie sagt, dass er ein fürchterlicher Snob ist. Meint, dass Oper das einzig Wahre ist, und rollt mit den Augen, falls jemand auf den Redaktionstreffen der Kultur es wagt, über Bildende Kunst oder Rockmusik zu sprechen."

„Klingt anstrengend", bemerkte Georg.

„Ja. Er hat nicht viele Freunde in der Redaktion, aber er hat anscheinend mit einem der Typen in der Chefetage zusammen studiert, also hat man den Eindruck, dass er unter höchstem Schutz steht, egal, wie er sich aufführt."

„Kannte sie den Namen von seinem Freund in der Machtposition?"

Trine schüttelte den Kopf.

„Nein. Alberik spricht nicht wirklich privat mit irgendwem, also ist es mehr ein Gerücht. Wenn er in der Redaktion sitzt und schreibt, hat er immer Kopfhörer auf. Er kommt nie zu Festen oder anderen Veranstaltungen. Wenn für Geburtstage oder Jubiläen Geld eingesammelt wird, gibt er nie etwas."

„Wollte sie wissen, warum du sie nach Alberik gefragt hast?"

„Natürlich. Sie ist Journalistin."

„Was hast du gesagt?“

„Ich habe irgendeine vage Erklärung abgegeben, dass ich nur gerade eine Zeugenaussage überprüfe in einem Fall, der abgeschlossen werden soll.“

„Und das hat sie dir abgekauft?“

„Ja, ich glaube schon.“

„Gut. Noch was anderes?“

Trine legte ein vergrößertes Foto auf den Tisch. Es zeigte Amalie, offensichtlich auf einem Familienfest, wo sie mit einem älteren Herrn zu Tisch saß. Sie lächelte und hob ein Weinglas, als ob sie dem Fotografen zuprostete. An ihrer rechten Hand trug sie zwei Ringe. Der eine lag jetzt bei Melvang im Rechtsmedizinischen Institut. Der andere stellte, soweit Georg erkennen konnte, einen Schmetterling dar, mit blaugrünen Flügeln aus Opalen.

„Diesen Ring können sie nirgendwo finden, sagt Amalies Mutter, Katrine Frederiksen. Amalie hat ihn von ihren Eltern zu ihrem achtzehnten Geburtstag bekommen. Ich habe beim *Sølvstenen* gefragt, ob er vielleicht dort liegt. Sie hat ihn ja sicher abgenommen, wenn sie in der Küche gearbeitet hat. Aber Lars Strand hat persönlich die ganze Küche abgesucht und sagt, dass dort kein Schmuck herumliegt“, erzählte Trine.

„Wie geht es den Eltern?“, fragte Georg leise.

„Wie man sich denken kann. Sie gehen durch die Hölle. Sind dabei, die Beerdigung zu organisieren.“

Stille breitete sich im Raum aus. Nur eine kurze Pause, bevor Georg weitermachte.

„Alfred, was sagt die KTU?"

„Der Stoffbeutel, der an Ekaterinas Handgelenk festgeknotet war, ist ein ganz gewöhnliches Exemplar von der Sorte, wie man sie für ein paar Kronen in dem Einrichtungsladen *Søstrene Grene* kaufen kann, also läuft diese Spur ins Leere. Sie sind dabei, allen Krimskrams durchzugehen, den die Taucher gestern rausgefischt haben. Es sind circa zweihundertvierzig Gegenstände, aber Kim und sein Chef versuchen, noch vor heute Nachmittag eine Prioritätenliste zu machen."

„Okay. Irgendwas auf Amalies Computer?"

„Rolf hat nichts gefunden, was von Interesse ist. Völlig normaler Inhalt für eine zweiundzwanzigjährige junge Frau. Sie war vor allem auf Instagram aktiv, aber ich glaube nicht, dass dort irgendetwas zu holen ist. Es sind vor allem Fotos von Essen und anderen Köchen. Das Tinder-Konto war, wie gesagt, seit mehreren Monaten inaktiv. Er versucht, es weiter zurückzuverfolgen, um herauszufinden, ob sie vorher mit irgendwem in Kontakt war. Aber er hat mich vorgewarnt, dass das tricky ist und dauern kann. Ich habe ihn auch gebeten, sowohl nach dem Namen Alberik als auch Oper zu suchen. Vielleicht findet er etwas."

„Gute Idee, Alfred."

„Falk und Malte, könntet ihr Benthe Quist besuchen? Ich hätte gern ein so detailliertes Bild der Angelegenheit, wie sie sich nur irgendwie erinnern kann."

„Wir fahren direkt hin", versprach Falk, und Georg überlegte mit leisem Lächeln, wie Malte sich dazu verhalten würde, auf der ganzen Fahrt nach Odsherred Bach zu hören.

„Trine und Alfred. Übernehmt ihr die Oper? Ich habe einen Tipp bekommen, dass er eventuell ein etwas ungesundes Interesse an den weiblichen Sängerinnen gezeigt hat. Schaut, ob ihr irgendetwas ausgraben könnt", sagte Georg und überging es sorgsam, zu erwähnen, dass der Tipp von Astrid gekommen war.

Es wurde ruhig im Büro, und Georg öffnete wieder die Aufnahmen der Überwachungskamera vom *Sushima*. Vergrößerte sie auf dem Bildschirm und saß lange in Gedanken versunken da und studierte die Gestalt, die rasch durchs Bild ging. War das ein Mann, der gerade einen Mord begangen hatte?

Der Hut verhinderte, seinen Gesichtsausdruck erkennen zu können, aber die Körpersprache war ruhig, zielstrebig und passte überhaupt nicht zu einem Mann, der Panik hatte oder auch nur Herzklopfen. Er stoppte die Zeit, bis Henrik Holm ins Bild kam. Ungefähr eine Minute und zwanzig Sekunden.

Es bräuchte eine unfassbare Kaltblütigkeit, vom Tatort nicht wegzurennen, obwohl man gerade drauf und dran war, bei einem Mord erwischt zu werden.

Er googelte Alberik noch einmal, klickte auf Videos und fand einen alten Clip einer längst eingestellten Kulturtalkshow.

Dort war Alberik in einer intensiven Diskussion mit einem Moderator und zwei anderen Kulturgrößen zu sehen. Während die anderen drei dort in legeren Hemden saßen, trug Alberik Sakko, Schlips und ein knitterfreies weißes Hemd. Der Clip war kurz, und Georg konnte sich zusammenreimen, dass einer der anderen Gäste, eine junge Frau mit hellem, geflochtenem Haar, sich erdreistet hatte, eine Meinung zu haben, die nicht mit Alberiks Weltbild übereinstimmte.

„Junge Dame. Darf ich vorschlagen, dass Sie nach Hause gehen und sich etwas zulegen, was man Bildung nennt, bevor Sie noch einmal versuchen, andere zu belehren, worum es in der Kultur geht?", sagte Alberik.

Die Kamera zoomte auf die Frau, die schockiert aussah, aber der Clip brach ab, bevor man ihre Antwort hörte.

Georg konnte nicht richtig greifen, was es war, aber seine Intuition sagte ihm, dass Alberik der richtige Mann war. Irgendetwas an seiner Ausstrahlung und arroganten Ausdrucksweise machte den Kommissar hellhörig. Georg hatte diesem Typ von Mörder unzählige Male gegenübergesessen, und auch wenn sie sich selbst allesamt für völlig einzigartig hielten, so hatten auch Mörder ihre Stereotype.

Das Telefon klingelte. Es war Kim von der KTU.

„Tut mir leid, dass ich jetzt erst anrufe, aber wie du da draußen gesehen hast, hatten wir Unmengen Zeug durchzugehen."

„Ich verstehe", sagte Georg. „Was gibt's zu berichten?"

„Trine hatte die Daten von den Telefonmasten in der Gegend bestellt, wer dort Freitagabend in der Nähe war. Wir haben jetzt die Listen bekommen, aber die sind nicht besonders genau, also mussten wir über fünfhundert Nummern durchschauen."

„Das dauert natürlich", gab Georg zu.

„Euer junger Azubi, Malte, hat ja angerufen und Rolf gebeten, in Amalies Computer nach dem Begriff Oper und vielleicht einem Eskild Alberik zu gucken."

„Habt ihr etwas gefunden?"

„Nicht auf Amalies Computer, aber als Rolf es an der Kaffeemaschine erwähnt hat, hatte ich die Idee, die Telefonlisten direkt nach seinem Namen durchzusuchen. Es ist ja ein recht ungewöhnlicher Name."

„Hast du sein Telefon auf der Liste gefunden?"

„Ja und nein."

„Was meinst du damit?"

„Ich habe ein Handy gefunden, dessen Vertrag von der Zeitung bezahlt wird, für die er arbeitet. Dieses Handy war in der Gegend."

„Okay."

„Es geht noch weiter", sagte Kim.

„Sicherheitshalber habe ich die Nummer gleich angerufen. Das Handy war an. Rate, wer rangegangen ist?"

„Alberik?"

„Bingo."

„Hast du aufgelegt? Wir können ihn in dieser Phase nicht aufscheuchen."

„Glaubst du, ich bin Amateur? Ich habe nur gefragt, ob er heute schon an Jesus gedacht hätte. Da hat er selbst aufgelegt."

Georg saß eine Weile da und überlegte hin und her. Dann griff er zum Telefon und wählte eine interne Nummer, die er auswendig konnte.

Es war Zeit für eine Besprechung mit dem Staatsanwalt. Zeit, Eskild Alberik zum Verhör zu bringen.

Kapitel 7
Ein Ring aus Feuer

Laut Gerücht konnten Uffe Bastians eisblaue Augen Glasscheiben zerschneiden, wenn sie nicht gerade damit beschäftigt waren, einen Angeklagten zu durchbohren, der sich unter seinen präzisen Fragen wand. Oder einen Ermittler, der seinen Kram nicht im Griff hatte. Gott stehe ihm bei.

Aber an diesem Nachmittag kam er gutmütig ins nach Kaffee duftende Besprechungszimmer und ließ sich sogar zu einer Zimtschnecke nötigen, was Georg als gutes Zeichen interpretierte.

Bastian nahm einen Notizblock aus seiner Dokumentenmappe und sah Georg und sein Team abwartend an.

„Okay, was habt ihr?"

Georg umriss den Fall. Die Aufnahmen der Überwachungskamera. Das Handy. Eine Art Zeugenaussage von Henrik Holm.

Noch bevor Georg fertig war, Holms Beobachtungen wiederzugeben, konnte er die Irritation des Staatsanwalts sehen.

„Vor Gericht viel zu vage. Außerdem hassen die Geschworenen Politiker. Vertrauen ihnen nicht. Weiter. Was noch."

Georg erwähnte die mögliche DNA-Spur des Haars in Ekaterinas BH. Die interessierte Uffe Bastian schon viel mehr.

„Wann kommen die Ergebnisse?"

„Die Rechtsgenetik hat es zu einer Eilsache gemacht. Also rechnen wir noch diese Woche mit Ergebnissen. Vielleicht übermorgen."

„Hm. Ihr nehmt doch in jedem Fall eine DNA-Probe von ihm?"

„Ja. Wir müssen ihn in die Untersuchungen ein- oder ausschließen."

Uffe biss von der Zimtschnecke ab und ließ die Gruppe der Ermittler gespannt warten.

„Unter normalen Umständen fände ich eigentlich nicht, dass wir für eine richtige Verhaftung mit Anklage und dem ganzen Klimbim genug vorzuweisen haben", sagte er und kaute fertig. „Auf der anderen Seite läuft möglicherweise ein Serienmörder in Kopenhagen herum. Vielleicht ist es keine schlechte Lösung, den Verdächtigen einzufangen und zu verhören."

„Wenn wir seine Wohnung durchsuchen, ist die Wahrscheinlichkeit groß, neue Spuren zu finden, mit denen wir weiterarbeiten können", warf Georg ein.

„Das stimmt wohl“, gab Uffe zu.

„Gut. Wir machen es so: Ihr versucht, ihn herzukriegen. Aber fasst ihn mit Samthandschuhen an, darin seid ihr doch so gut“, sagte Uffe und sah Falk direkt an.

„Optimal wäre die ganz leise und ruhige Variante, in der er einfach gleich freiwillig mitkommt und euch bei ein paar Fragen weiterhilft. Falls das was hergibt, starten wir die komplette Durchsuchung seiner Wohnung, seines Kellers und was er sonst noch so für Verstecke hat. In zwölf Stunden will ich etwas Handfestes haben, das ich einem Richter vorlegen kann. Etwas, das überzeugend wirkt. Ist das eine Abmachung?“

Die Runde um den Tisch nickte.

„Und was, wenn er sich nicht herkomplimentieren lässt?“

„Dann müssen wir warten, bis wir mehr haben. Falls wir ihn verhaften, statt ihn herzulocken, dann reden wir ja über Streifenwagen, Krankenwagen und den ganzen Zirkus, und da muss ich etwas haben, das den Richter beeindrucken kann. Mehr als dein Bauchgefühl, Guldmann, versteht sich. Ihr erstellt selbst einen taktischen Plan, wie das vonstatten gehen soll. Ich schicke euch Papierkram, den ihr abarbeiten müsst. Haltet mich auf dem Laufenden“, sagte Uffe und stand auf, um zu gehen.

Georg begleitete ihn zur Tür.

„Bist du dir sicher bei dieser Sache, Georg?“, fragte Uffe.

Georg nickte.

„Es gibt noch einige ungeklärte Fragen. Aber meine Intuition sagt mir, dass wir den richtigen Mann gefunden haben.“

Uffe sah ihn mit seinem Diamantenschneideblick an und milderte diesen nur einen Ticken mit einem Lächeln ab.

„Aber du weißt, dass Intuition ja im Amtsgericht selten weiterhilft.“

Georg entschied, gegen zwanzig Uhr zuzuschlagen. Sie wussten von Trines Freundin, dass Alberik die Redaktion pünktlich wie ein Uhrwerk täglich um achtzehn Uhr verließ. Das gab ihm genug Zeit, nach Hause in den Alhambravej zu kommen.

„Sollten wir auf die DNA warten?“, überlegte Georg laut.

„Nein. Wir müssen ihn jetzt herkriegen“, meinte Falk.

„Stimmt. Aber wir müssen es geschickt anstellen. Ich gehe hoch und schaue, ob ich ihn überreden kann. Ganz ruhig und unaufgeregt. Keine Uniformierten“, entschied Georg.

„Wie willst du das anstellen?“

„Auf die Art, die bei diesem Typ Mensch immer wirkt: einschmeicheln.“

Schon im zweiten Stock konnte Georg Operntöne hören. Es klang nach Wagner.

Er musste ein paarmal klopfen, bevor er hörte, dass die Musik leiser gedreht wurde, und dann stand Alberik in der Tür.

„Guten Abend. Georg Guldmann, Kopenhagener Polizei“, stellte er sich vor.

Alberik verzog keine Miene.

„Darf ich reinkommen?“

Alberik machte einen Schritt zur Seite, und Georg trat in eine Diele ein, die von einer gigantischen Wagnerbüste und einem Hutregal dominiert wurde.

Sie gingen in die Küche, wo eine Frau an einem kleinen Esstisch über ein Kreuzworträtsel gebeugt war.

„Das ist meine Schwester, Rosa", sagte Alberik.

Sie nickte Georg zu.

„Entschuldigen Sie, dass ich nicht aufstehe. Ich habe Probleme mit den Beinen", erklärte sie.

Georg ging auf sie zu und schüttelte ihr die Hand.

Neben dem Kreuzworträtzel lag etwas, das Georg zuerst für einen besonders großen und klobigen Kugelschreiber hielt. Von Nahem entdeckte er das charakteristische Logo mit dem Stier, das verriet, dass es sich um einen Insulinpen handelte. Er tat, was er konnte, um sich nichts anmerken zu lassen, aber Alberik war für die Ermittlung gerade noch interessanter geworden, als er bereits gewesen war.

„Sherry?", fragte Alberik.

Georg lehnte dankend ab und entschuldigte sich damit, dass er im Dienst war.

„Aber Sie haben nichts dagegen, wenn ich mir ein Gläschen genehmige?", fragte Alberik.

„Selbstverständlich nicht", versicherte Georg.

Alberik öffnete die Tür zu einer Speisekammer, die ordentlich und systematisch organisiert war. Auf dem Boden standen Flaschen mit Reinigungsmitteln und Chemikalien und ein paar große, schwarze Kanister. In Augenhöhe waren Konserven gelagert, und Wein und Spirituosen wurden auf dem obersten Regalbrett aufbewahrt.

Als sie sich an den Esstisch gesetzt hatten, kam Georg zur Sache.

„Eskild Alberik. Wir arbeiten daran, einen sehr komplexen Fall aufzuklären. Gewisse Aspekte in diesem Fall haben mit der Oper zu tun. Mit Wagner, um genau zu sein. Ich weiß ja durch Ihre hervorragenden Artikel, dass Sie auf diesem Gebiet wohl der beste Experte in diesem Land sind. Haben Sie die Möglichkeit, mit auf die Wache zu kommen und uns bei ein paar Fragen zu helfen?"

Alberik stellte das Glas mit einem leisen Knall auf dem Tisch ab.

„Mit Vergnügen", antwortete er.

„Kaffee?"

Georg bedeutete Alberik, sich auf dem Stuhl vor dem Schreibtisch niederzulassen. Der Verdächtige bat stattdessen um ein Glas Wasser, das Georg ihm bereitwillig brachte.

Wie er so dasaß, fiel es Georg schwer, den echten Alberik mit dem Mann in Einklang zu bringen, den er jagte. Ihm gegenüber saß ein kleiner, schmächtiger Mann in einem maßgeschneiderten, grauen Anzug. In Georgs Kopf passte das nicht mit seinem Bild des Mannes zusammen, der Amalie und die Frau, die ihnen als Ekaterina bekannt war, ermordet hatte. Falls er überhaupt etwas Kriminelles getan haben sollte, hätte Georg auf Veruntreuung getippt. Nicht Frauenmord.

Georg wählte den sanften Start.

„Zuerst würde ich gern etwas mehr über Sie wissen. Wo sind Sie eigentlich aufgewachsen?"

„Warum das?"

„Ich würde Sie nur gern etwas kennenlernen."

„Sollte es nicht um die Oper gehen?"

„Ja, wir kommen dazu. Ich mag es nur gern, zu wissen, wem ich gegenübersitze."

„Frederiksberg."

„Wie war es, dort aufzuwachsen?"

Am Anfang kamen nur knappe, einsilbige Antworten, aber als Georg an seinem Interesse festhielt und Alberik in die Augen sah, wurden die Antworten nach und nach länger. Malerischer. Der Opernrezensent beschrieb detailliert die große, herrschaftliche Wohnung und eine immer glückliche Kindheit mit Sommerhaus in Vesterlyng und Urlaubsreisen nach Deutschland. Bis zum Tod des Vaters.

„Es war mein Vater, der mich zu meiner ersten Oper mitgenommen hat, und von diesem Tag an änderte sich mein Leben mit einem Schlag. Ich hatte die Mission meines Lebens gefunden."

„Erzählen Sie mir vom Tod Ihres Vaters."

„Ein Verkehrsunfall. Ich mag nicht so gern darüber reden. Es macht mich sehr traurig", sagte Alberik, und Georg hätte schwören können, dass er eine kleine Träne in seinem Augenwinkel sah.

Georg entschuldigte sich einen Augenblick und ging zu Falk hinaus, der wie auf Kohlen vor dem Verhörraum saß.

„Ich weiß wirklich nicht, Falk. Ich kriege es nicht zusammen. Er benimmt sich echt nicht wie ein Psychopath.

Im Augenblick sitzt er da drinnen und weint über seinen toten Vater. Ich bin nicht sicher, dass wir den Richtigen erwischt haben. Ich glaube, verdammt noch mal, dass wir ihn wieder gehen lassen müssen."

Falk sah ihn ungläubig an.

„Ist das dein Ernst? Er hat sich ja nicht einmal gemeldet, als wir an die Leute appelliert haben, uns anzurufen, falls sie in der Gegend waren. Warum hat er das nicht gemacht, wenn er nun ein reines Gewissen hat?"

„Er sagt, dass er kein Fernsehen schaue. Abends hört er mit seiner Schwester Opern. Ich glaube ihm. Ich habe in der Wohnung keinen Fernseher gesehen."

Falk schnaubte.

„Das ist möglich, aber er arbeitet ja, verdammt noch mal, bei einer Zeitung. Wie kann man für eine Tageszeitung arbeiten und die Nachrichten nicht mitkriegen?"

„Wenn man über Opern schreibt, stürzt man sich ja nicht unbedingt in die Kriminalgeschichten."

„Aber du hast auch gesagt, dass seine Schwester Diabetes hat. Das verschafft ihm Zugang zu Insulin. Das muss doch zumindest genug sein für einen konkreten Verdacht!"

Georg seufzte.

„Ja. Es gibt mehrere Dinge, die verdächtig sind, das gebe ich zu. Aber wenn wir das Ganze bei Tageslicht betrachten, haben wir immer noch nicht genug, womit Bastian zu einem Richter gehen kann. Und das weißt du. Wir sind ganz einfach gezwungen, auf die DNA-Ergebnisse zu warten."

Bevor sie Alberik nach Hause schickten, bat Georg ihn darum, bei der Rezeption vorbeizugehen und Fingerabdrücke und einen Mundabstrich abzugeben.

„Ist das wirklich notwendig, nur, weil ich mich ein bisschen mit Opern auskenne?“, fragte Alberik verwundert.

Georg tat sein Äußerstes, um das Ganze herunterzuspielen.

„Das ist einfach nur Routine und gilt für alle. So können wir ja sehr schnell feststellen, ob Leute nichts mit unserer Ermittlung zu tun haben.“

„Okay“, lenkte Alberik ein, aber sah immer noch zweifelnd aus. „So eine DNA kann ja sonst wo landen, oder nicht?“

„Schon. Aber ich bin sicher, dass Sie sich keine Gedanken machen müssen“, sagte Georg mit seiner beruhigendsten Stimme.

„Wie schnell bekommt man solche Ergebnisse?“, fragte Alberik.

„Das sind wohl so maximal acht Tage.“

„Und dann wird man nicht weiter geprüft?“

„Im Prinzip, ja. Falls es nicht noch etwas anderes gibt“, sagte Georg.

Alberik ging zur Rezeption hinüber, und Georg entschied, dass für heute Feierabend war.

Falks Auto war kaputt, also fuhr Georg ihn nach Hause. Sie hielten an der Tankstelle, und weil es wieder mal Probleme mit der Benzinkarte gab, musste Georg den langen Weg in den Laden gehen und warten, bis er an der Reihe war.

Erst, als Georg vor sich in der Schlange einen Mann mit einem schwarzen Kanister sah, dachte er darüber nach, was er in Alberiks Speisekammer gesehen hatte. Er stürmte zu Falk hinaus.

„Alberik hat das Haus voll mit Benzinkanistern. Aber er hat kein Auto!"

Falk sah ihn an.

„Stattdessen hat er bereits sein krankhaftes Verhältnis zu Feuer demonstriert", sagte er.

Zehn Sekunden später hatte Georg das Auto gewendet, und sie fuhren mit voller Fahrt nach Frederiksberg.

Als sie ins Treppenhaus kamen, stank es nach Rauch, woraufhin Georg sowohl das Einsatzkommando als auch die Feuerwehr rief, bevor sie die Treppe hochliefen. Sie hämmerten an die Wohnungstür, aber von drinnen war keine Antwort zu hören.

Kurz danach kam die Polizei mit einer Ramme, und zwei Beamte begannen auf Georgs Anweisung hin damit, den Feuerwehrleuten Zugang zu verschaffen.

„Hilfe! Helft mir!"

Die Schreie kamen aus der Wohnung. Es musste Alberiks Schwester sein.

Die Tür gab nach, und Georg stolperte in die Diele, gefolgt von Falk, den Feuerwehrleuten und fünf Schutzpolizisten.

Georg und Falk liefen auf den Rauch zu, der aus einem Schlafzimmer kam. Noch mehr Rauch quoll hervor, als sie die Tür öffneten.

Ein Ring aus Flammen umgab das Bett. Eine unüberwindbare Mauer aus Feuer trennte die Beamten von Alberiks Schwester. Falk sprang über den brennenden Boden und versuchte, sie aus dem Bett zu ziehen.

„Er hat sie festgebunden, das verdammte Schwein!", schrie Falk, während er sich mit der entkräfteten und hustenden Frau abmühte.

Der Leiter des Einsatzkommandos rannte ins Zimmer, sprang über die Flammen und half Falk, die Frau wegzubekommen.

Wenige Sekunden später hatten drei Feuerwehrleute mit Schaumlöschern die Flammen erstickt, und Georg riss das Fenster auf, sodass frische Luft ins Zimmer strömte.

Der Einsatzleiter redete in sein Funkgerät.

„Wir brauchen auf der Stelle ärztliche Hilfe. Frau mit möglicher Rauchvergiftung."

Dann wandte er sich Guldmann und Falk zu.

„Wir haben Alberik gefunden. Er hatte sich auf dem Klo eingeschlossen. Saß da und heulte", sagte der Einsatzleiter.

Sie ließen Trine vor Ort bleiben und die große Durchsuchung leiten. Die Wohnung, der Keller, alles sollte auf den Kopf gestellt werden, um Spuren zu finden.

Georg und Falk fuhren zurück auf die Wache, wo Alberik wartete – unbeschadet, aber anscheinend nahezu aufgelöst in Selbstmitleid.

Aus Erfahrung wusste Georg, dass es nie eine gute Idee war, einen Verdächtigen zu lange warten zu lassen. Das gab ihm viel zu viel Zeit, gute Erklärungen und Lügengeschichten zu erfinden.

„Okay. Dann geht es in die zweite Runde. Jetzt mit Bestätigung, dass wir es mit einem Psychopaten zu tun haben", sagte Georg und versuchte, den Schock darüber, Alberik nach Hause geschickt zu haben, hinter sich zu lassen. Den Gedanken, dass das seiner Schwester das Leben hätte kosten können, konnte er später zu Ende denken und darüber einen Bericht schreiben. Aber im Augenblick hatte er diesen Luxus nicht.

Falk sah zu ihm herüber und holte tief Luft.

„Ich habe einen Vorschlag: Ich gehe rein und rede mit ihm. Du hattest einen schlechten Start mit ihm. Ich kann dem Teufel ein Ohr abquatschen, wenn es um Wagner geht."

Es tat weh, aber Georg wusste, dass Falk recht hatte.

„Kann ich irgendwie helfen?", fragte er.

„Ja, das kannst du tatsächlich. Besorg mir einen Plattenspieler und diese Platte hier. Ich bin mir recht sicher, dass du sie in der Wohnung im Alhambravej finden kannst", sagte Falk und gab ihm ein kleines Stück Papier mit dem Namen eines Wagner-Werks.

Das Treppenhaus roch immer noch nach Rauch, und die Treppe, die ansonsten selten benutzt wurde, wimmelte von Polizei, die Gegenstände von der Durchsuchung hinaus in den Kleinlaster der KTU trug.

Er fand Trine im Wohnzimmer. Sie ging systematisch die Schallplatten durch, anscheinend eine enorme Sammlung von Wagners Werken. Mit bloßem Auge schätzte Georg sie auf mindestens fünfhundert.

Mit Handschuhen nahm Trine jede einzelne Platte aus ihrer Hülle.

„Das sieht ja ziemlich unüberschaubar aus", meinte Georg.

„So fühlt es sich auch an. Aber ich denke einfach: Das hier war seine Schatzkammer. Falls er irgendetwas versteckt, kann es gut hier sein."

„Wart ihr schon in dem Kellerraum?"

„Sie arbeiten daran. Er ist vollgestopft mit alten Möbeln, man kann sich da drin überhaupt nicht rühren. Kim und seine Kumpel von der KTU sind dabei, alles zu fotografieren und auszumessen, bevor sie irgendetwas verrücken können. Das kann die ganze Nacht dauern. Was ist mit Alberik, redet er?"

Georg schüttelte den Kopf.

„Noch nicht. Falk ist bei ihm drin."

Er kramte den Zettel von Falk heraus.

„Bist du auf die hier gestoßen?"

Trine schüttelte den Kopf.

„Nein. Ich bin dabei, alle Einspielungen von *Tristan und Isolde* durchzugehen. *Das Rheingold* steht da drüben", sagte sie und zeigte darauf.

Georg blätterte durch fünfzehn bis zwanzig Platten, bevor er die richtige Version fand, um die Falk gebeten hatte.

Er legte sie in einen Beweisbeutel und ging zum Einsatzleiter, der registrierte, dass er eine Schallplatte aus der Wohnung entfernte. Dann schickte er einen der Schutzpolizisten auf die Wache mit der Platte und dem Auftrag, sie Falk in einer Verhörpause persönlich zu überreichen.

Er selbst fuhr weiter zum Krankenhaus, nachdem er Astrid Bescheid gegeben hatte, dass sie nicht aufbleiben und auf ihn warten sollte.

Die Stationsleiterin wollte von einem Besuch bei Rosa Alberik zuerst nichts wissen und schaute auf Georgs Polizeiausweis, als wäre es ein Plastik-Sheriffstern aus dem Legoland.

Aber schließlich wurde er durchgelassen, nachdem er mit seiner ruhigen Stimme erklärt hatte, dass er an der Aufklärung von den Morden zweier Frauen arbeite und dass Rosa möglicherweise das dritte Opfer hätte werden können. Dass sie vermutlich wesentliche Auskünfte geben konnte, die bewirken konnten, dass man einen vermeintlichen Mörder in Haft behalten konnte.

Diese Erklärung gemeinsam mit der Tatsache, dass ihr Mann Verkehrspolizist in Herlev war und Georg einmal als Lehrer auf der Polizeischule gehabt hatte, brachte sie schließlich zum Nachgeben.

Sie führte ihn zu einem Zimmer, klopfte leise an die Tür und öffnete, ohne auf Antwort zu warten. Rosa lag allein in dem Zimmer, in einem Bett mit leicht hochgestelltem Kopfteil, und starrte an die hellgraue Krankenhauswand.

„Die Patientin ist müde und mitgenommen. Sie bekommen eine halbe Stunde und keine Sekunde mehr."

Georg versicherte ihr, dass das völlig in Ordnung war.

„Nur noch eine letzte Sache. Sie hat eine ziemlich hohe Dosis Schmerzmittel bekommen, also ist sie etwas groggy.

Ich bin nicht ganz sicher, ob Sie viel Vernünftiges aus ihr herausbekommen", meinte die Krankenschwester und verschwand den Flur hinunter.

Georg betrat das Zimmer, wo es sonderbar still war. Rosa sah ihn, aber sagte nichts.

Er zog einen Stuhl zum Bett heran und saß eine Weile schweigend da. Sie blinzelte.

„Ich heiße Georg Guldmann. Wir haben uns heute Abend schon einmal getroffen."

Rosa nickte. Ihre Augen waren rot und geschwollen, und die Tränen kullerten ihr die Wangen hinunter. Es war schwer zu sagen, ob es aus Trauer war oder eine Folge der Rauchvergiftung. Vielleicht beides, dachte Georg.

„Warum hat Ihr Bruder versucht, Sie zu verbrennen?", fragte er schließlich.

Sie schüttelte den Kopf.

„Rosa. Er hatte Sie ans Bett gefesselt und Feuer um Sie herum gelegt. Wenn wir nicht gekommen wären, wären Sie jetzt kremiert", sagte Georg.

Sie sah ihn mit einem Blick an, den er fast nicht aushalten konnte.

„Ich weiß, er ist Ihr Bruder, Rosa. Ich weiß, dass Sie ihn schon mal beschützt haben."

Sie sah ihn überrascht an, fragend.

„Ich weiß von dem Brand, als er erst fünfzehn Jahre alt war. Sie haben die Hauptrolle in einem Theaterstück gespielt. Aber Sie konnten das Stück nie zu Ende spielen. Weil Eskild den Saal in Brand gesetzt hat, nicht wahr?"

„Ja."

Das Eingeständnis kam so leise und heiser, dass Georg es fast nicht hörte.

„Warum hat er das getan?"

Rosas Lächeln war bitter.

„Er tat es aus Liebe", sagte sie fast flüsternd.

„Es ist doch keine Liebe, wenn man versucht, einen Mordbrand zu stiften?", sagte Georg.

„Doch", beharrte Rosa, „das ist es."

„Ich verstehe nicht? Sie können doch nicht meinen, dass …"

Aber Rosa unterbrach ihn mit ihrer kratzigen Stimme.

„Eskild tat es aus Liebe. Verschmähter Liebe."

„Zu wem?"

„Zu mir."

„Darüber müssen Sie mir erzählen, sodass ich es verstehen kann", bat Georg.

Und mit seiner Ermunterung und Hilfe sprach sie leise über das, was sie mehr als dreißig Jahre lang geheim gehalten hatte.

„Meine Eltern hatten gedacht, dass ich ein Einzelkind bleiben würde. Aber als ich sieben war, wurde meine Mutter schwanger, und so bekamen wir Eskild. Mein Vater war glücklich, einen Sohn zu bekommen, aber es war nicht immer leicht für Eskild, sein Sohn zu sein. Vater sagte ständig zu ihm: ‚Ich erwarte große Dinge von dir, mein Junge.' Jeden Tag. Er sagte nie genau, was Eskild tun sollte, aber es lag in der Luft, dass es nie richtig ausreichte."

„Aber Ihr Bruder ist sehr intelligent, oder nicht?"

„Ja, auf jeden Fall. Aber als Kind war er zerbrechlich. Klein und unsportlich. Er stotterte ein wenig, und dafür schämte er sich. Er hatte es nicht leicht, Freunde zu finden, und mit den Mädchen hatte er es besonders schwer. Die kicherten über ihn“, erklärte Rosa.

„Das klingt ein bisschen traurig, aber rechtfertigt doch noch lange keine Brandstiftung?“

Rosa seufzte tief, als ob sie für den letzten Teil ihrer Geschichte Kraft sammelte.

„Das hier habe ich noch nie jemandem erzählt.“

„Aber ich muss es hören, Rosa“, sagte Georg.

„Eskild ging nie raus, und als er in das Alter kam, in dem die meisten Jungs anfangen, sich für Mädchen zu interessieren, fiel seine Liebe auf mich. Er war fünfzehn, und ich war zweiundzwanzig. Ich wohnte immer noch zu Hause, während ich auf die Schauspielschule ging. In der Wohnung gab es viel Platz, sie hatte eine praktische Lage, und ich hatte kein Einkommen.“

„Inwiefern hat er seine Liebe zu Ihnen ausgedrückt?“

„Er fing an, mir nachzuspionieren. Wenn ich im Bad war, mich umzog und so was. Fing an, mir kleine Zettel und Blumen in mein Zimmer zu legen, wenn ich nicht zu Hause war. Vielleicht ein sehr unschuldiger Anfang. Aber er war ja mein Bruder, also begann ich, die Tür abzuschließen.“

„Wie hat er darauf reagiert?“

„Er bekam Wutausbrüche, die so gewaltsam waren, dass meine Eltern darüber nachdachten, ihm eine Therapie zu suchen. Er hat immer sorgfältig verborgen, was die Anfälle ausgelöst hat, aber ich wusste es.“

„Wie waren seine Wutausbrüche?"

„Er zerschlug Dinge. An einem Abend war ich mit einem jungen Mann ausgegangen, in den ich verliebt war, und als ich zurückkam, stand er mit einem Küchenmesser im Eingang und wartete auf mich. Er zischte, nicht unsere Eltern zu wecken, und nannte mich Luder. Ich lachte ihn aus. Da schnitt er mir in den Hals. Nur eine oberflächliche Wunde."

Es juckte Georg in den Fingern, den Notizblock herauszuholen, aber er wollte die Magie nicht brechen.

„Das muss sehr gewaltsam für Sie gewesen sein?"

„Natürlich. Ich riss mich von ihm los, aber ich konnte Eskild nicht mehr länger decken. Am nächsten Morgen ging ich zu meinem Vater."

„Was ist dann passiert?"

„Zuerst hat er mir schlichtweg nicht geglaubt. Hat gesagt, dass ich geträumt haben muss und dass Schauspieler ja für ihre lebhafte Fantasie bekannt sind."

„Das muss schwer gewesen sein?"

„Er hat seine Meinung geändert, als ich ihm den Schnitt an meinem Hals gezeigt habe. Da wurde es für ihn real. Als Eskild aufgestanden ist, hat er ihn damit konfrontiert."

„Was hat Eskild da gemacht?"

„Er war die Ruhe selbst. Ich erinnere mich daran, wie wir am Frühstückstisch saßen. Meine Mutter weinte, ich war total aus der Fassung. Mein Vater schrie. Eskild schmierte sich ein Brötchen. Er nahm einen Bissen und sah direkt zu unserem Vater rüber, nicht mal zu mir. ‚Sie musste in ihre Schranken verwiesen werden, das kleine Luder', sagte er."

„Wie haben Ihre Eltern das aufgenommen?"

„Sie waren tief erschüttert. Zwar hatten sie die Wutausbrüche gesehen, aber sie hatten nicht ernsthaft eingesehen, wie schlimm es war. Die Schnittwunde an meinem Hals zwang sie dazu, der Wahrheit ins Gesicht zu sehen. Eigentlich weiß ich nicht, ob sie vor allem wütend auf Eskild waren und was er getan hatte oder auf mich, weil ich ihre Illusion zerstört hatte."

„Was ist dann passiert?"

Rosa starrte an die Decke hoch, während sie ihre Kräfte sammelte.

„Mein Vater hatte einen alten Schulkameraden, der Oberarzt in einer psychiatrischen Anstalt war. Dieser bot an, sich Eskilds anzunehmen und ihn provisorisch aufzunehmen, bis er diagnostiziert würde. Alles mit vollständiger Diskretion. Mein Vater nahm das Angebot an und fuhr am folgenden Sonntag mit Eskild dorthin."

„Hat es zu irgendetwas geführt?"

Rosa fuhr sich über die Stirn.

„Mein Vater kam nie nach Hause. Er hat sich zu Tode gefahren. Laut Polizei waren die Bremsen außer Funktion."

„Aber war Eskild nicht mit im Auto?"

„Er tauchte zwei Stunden später in der Wohnung auf und erklärte, dass er in *Sundborghus*, wie die Einrichtung hieß, mit meinem Vater einen Streit gehabt hätte. Eskild weigerte sich, dortzubleiben, und als mein Vater gefahren war, hätte er sich entschieden, mit dem Zug nach Hause zu fahren. Er fragte, wo Vater abgeblieben sei. Kurz danach klingelte die Polizei und sagte, dass er tot sei."

„Haben Sie geglaubt, dass Eskild etwas damit zu tun hatte?“

„Ich habe mir meinen Teil gedacht, aber meine Mutter wollte nichts davon hören. Sie war in tiefer Trauer, lag meistens nur tagelang im Bett und weinte. Ich habe mehrmals versucht, sie zu überreden, bei der Polizei darauf zu dringen, die Sache näher zu untersuchen, aber sie stellte sich taub. Sie beharrte nur darauf, dass wir als Familie zusammenhalten müssten.“

„Aber das konnten Sie nicht?“

„Ich tat mein Bestes, aber als der Freund meines Vaters anrief, der Oberarzt, um sein Beileid auszudrücken, erzählte er, dass mein Vater an jenem Tag nie im Sundborghus angekommen war, und da wusste ich, dass irgendetwas überhaupt nicht stimmte. Ich habe es meiner Mutter erzählt, aber das hätte ich niemals tun sollen. Es kostete sie das Leben.“

„Niemand anderes trägt die Schuld, wenn ein Mensch sich entscheidet, sich das Leben zu nehmen“, sagte Georg.

„Oh, sie hat sich nicht selbst umgebracht. Es war Eskild, der sie in der Badewanne unter Wasser gedrückt hat. Ich war nicht zu Hause, aber er hat es mir viele Male erzählt. Wie er Vaters Wagner-Schallplatte aufgelegt hatte, um ihre Hilferufe zu übertönen.“

„Warum haben Sie ihn nicht angezeigt?“

„Weil ich ein Feigling war und weil er gesagt hat, dass er mich töten würde, falls ich jemals ein Wort darüber zu jemandem sagen würde. Ich stand unter Schock, als es passiert ist. Habe völlig zugemacht.“

Rosa trank Wasser aus einem Glas auf dem Nachttisch.

„Ein paar Monate später bin ich geflohen. Aber er fand mich kurz darauf bei der Vorstellung in der Turnhalle und bewies, dass er bereit war, alles Erdenkliche zu tun, um Kontrolle über mich zu haben. Ich war immer noch verliebt in denselben Mann. Eskild machte mir klar, dass er ihn töten würde, wenn ich nicht wieder zu Hause einziehen würde. Und dort habe ich nun dreißig Jahre lang gewohnt."

Es war, als ob sich irgendetwas in Rosa gelöst hätte. Sie schluchzte unverhohlen, und Georg blickte im Zimmer umher, um etwas zu finden, mit dem sie sich die Augen trocknen konnte. In der Nachttischschublade fand er eine Packung Taschentücher. Er nahm eins heraus und reichte es ihr. Als er die Packung zurücklegte, entdeckte er etwas Schimmerndes. Er zog die Schublade ganz auf. Ein Armband und ein Fingerring mit einem Schmetterling, den er unter eine Lampe hielt.

„Woher haben Sie diesen Ring?"

„Von Eskild. Ich habe ihn vor ein paar Tagen von ihm bekommen. Er hat darauf bestanden, dass ich ihn sofort anziehe."

Als Georg den Gang herunterlief, traf er die Stationsleiterin.

„Wiedersehen, Guldmann", rief sie.

Aber Georg hatte keine Zeit zum Antworten.

Während Georg Rosa im Krankenhaus aufgesucht hatte, hatte Falk Alberik so viele Ausreden entlockt, dass man damit ein Hafenbecken füllen könnte. Und jetzt war Showtime.

Falk hob den Tonabnehmer von dem uralten Plattenspieler, den er aus dem Lager ausgeliehen hatte.

„Sie mögen Wagner, stimmt's?"

„Ja", erwiderte Alberik misstrauisch.

„Ich dachte, dass ich das hier gern mit Ihnen teilen würde. Die Pappnasen im Büro verstehen nicht, was das hier für ein Schatz ist."

Zum ersten Mal, seit Alberik zum Verhör gebracht wurde, war sein Lächeln echt.

„Das ist Soltis legendäre Einspielung mit den Wiener Philharmonikern", sagte er hingerissen.

„Ja. Mit Birgit Nilsson als Brünnhilde. Opernsängerinnen von dem Schlag werden heute kaum noch ausgebildet."

„Sie war die Perfektion in Person, einfach perfekt. Alles, was Wagner sich hätte erträumen können", schwärmte Alberik.

Beide schwiegen, während Brünnhilde den Raum mit ihrer unglücklichen Liebe erfüllte.

„Eskild, war es dieses Lied, das Sie gesummt haben, während Sie die Mädchen erschlagen haben?", fragte Falk mit völlig neutraler Stimme.

Ein Schleier glitt über Alberiks Gesicht.

„Ich möchte gern mit einem Anwalt sprechen", sagte er.

Kapitel 8

Arie für die Geschworenen

Uffe Bastian war in Hochform, als er vor dem Gericht aus dem Auto stieg. Die Bügelfalten in seinem Anzug waren so scharf, dass es aussah, als könne man sich an ihnen schneiden, und er ging wie ein Mann, der genau wusste, wo er hinwollte.

In der einen Hand hielt er eine Aktentasche. Aber Leute, die Uffe Bastian kannten, wussten, dass die nur ein Teil des Theaters war, das er so gut spielen konnte. Die Dokumente, die er aus der Tasche nahm und vor sich auf den Tisch legte, waren nur Deko und um der Verteidigung ein falsches Gefühl von Sicherheit zu vermitteln. Denn *Bestian*, wie seine Gegner ihn gutmütig nannten, konnte seine Rolle auswendig. Vorwärts und rückwärts. Vor drei Monaten war Alberik verhaftet worden, und der Staatsanwalt hatte keine Zeit verplempert.

Während er den Angeklagten verhörte, hielt er Blickkontakt. Die Fragen kamen wie Peitschenknalle, ohne dass der Angeklagte Zeit hatte, sich zu besinnen. Das war sein Stil, und er entschuldigte sich nie dafür.

„Wer in einem Mordfall angeklagt ist, hat sich wohl so verhalten, dass er auch etwas vertragen kann“, antwortete er immer auf die Frage der Journalisten, ob er nicht zu hart sei.

Die Strafverteidiger fürchteten ihn besonders für seine spezielle Gabe, die Angeklagten aus der Fassung zu bringen, egal, wie gründlich sie ihre Klienten vor dem Schwurgericht auf Spur gebracht hatten. Auch wenn sie mit glatt gekämmtem Haar, Schlips und Rehaugen auf der Anklagebank saßen, konnte Bastian innerhalb von zwei Minuten die schäumende, psychopatische Wut ans Licht bringen. Das war seine Stärke, seine spezielle Gabe.

Auf dem Weg die Treppe hoch traf er auf Falk. Sie nickten sich zu.

„Es wird ein Kampf um Beweise und Argumente, und du hast ja zum Glück beides“, meinte Falk.

Uffe Bastian sah ihn an.

„Nein. Es wird ein Kampf zwischen Wahrheit und Lüge. Und ich habe vor, dass die Wahrheit siegt.“

Die Wahrheit, zumindest so, wie Uffe Bastian sie sah, musste zuerst an einem formidablen Hindernis in Form von Mathilde Berg vorbei. Im Alter von vierzig Jahren war sie bereits eine der geschicktesten Verteidigerinnen des Landes.

Sie war sachlich, standhaft und verdammt gut darin, die Schwachpunkte in der Anklage zu finden, bei den

Geschworenen Zweifel zu streuen und genau die Dinge zu beleuchten, die ihrem Klienten nutzten.

Hinzu kam, dass sie wie eine Hollywood-Version einer erfolgreichen Anwältin aussah: Ihr helles Haar, das in einem großen Knoten gebunden war, ihr marineblaues Kostüm, die cremeweiße Seidenbluse und ihr knallroter Lippenstift waren ihr Markenzeichen. Falls sich ihr Gegenpart im Gericht von der schmucken Fassade ablenken ließ, würde er oder sie es bald bereuen.

Menschen, die des Mordes angeklagt waren, taten klug darin, zu Mathilde zu gehen. Es schadete ihren Fällen normalerweise auch nicht, dass sie neben ihrer Juristenausbildung außerdem Psychologie studiert hatte. Das half ihr nicht nur dabei, ihre Klienten zu verstehen, sondern gab ihr auch einen Extravorteil in Bezug auf die Geschworenen, da sie genau wusste, wie sie den Gerichtssaal in ihrem abschließenden Plädoyer davon überzeugen konnte, dass ihr Klient die Unschuld in Person war.

Wenn Journalisten sie ungläubig fragten, wie sie im Gericht stehen und mit Überzeugung alles von harten Rockern bis hin zu Menschen, die grausamer Vergewaltigungen angeklagt waren, verteidigen konnte, zögerte sie nie mit ihrer Antwort.

„Es mag hart klingen. Aber Gerechtigkeit bedeutet, dass ein Angeklagter eine ordentliche Verteidigung bekommt. Egal, ob er eines Verbrechens schuldig ist oder nicht. Das ist für mich der Kern der Gerechtigkeit“, sagte sie immer.

„Schon, aber was, wenn nun ein Schuldiger freigesprochen wird? Das können Sie doch nicht rechtfertigen.“

„Ein Schuldiger wird freigesprochen, weil der Ankläger nicht genug Beweise vorgelegt hat. Und das ist Gerechtigkeit. Juristische Gerechtigkeit“, führte sie aus.

Sie hatte Eskild Alberik mit Vergnügen als Klienten angenommen, da sie ihn für begabt hielt und seine Gesellschaft als angenehm empfand. Mathilde Bergs voriger Klient hatte dem Rockermilieu angehört, und sie genoss, dass die Gespräche mit Alberik, diplomatisch ausgedrückt, etwas mehr intellektuelle Qualität besaßen.

Alberik stritt seine Schuld ab, und Mathilde Berg hatte drei große Probleme, bevor das Gerichtsverfahren eingeleitet wurde:

Zum Ersten stimmte das Haar, das in Ekaterinas BH gefunden worden war, mit Alberiks DNA überein.

Er hatte das so erklärt, dass er nach seinen Opernbesuchen oft am Kanal entlang nach Hause ging und dabei leicht ein Haar hatte ins Wasser fallen können. Aber Mathilde fürchtete, dass ein guter Kriminaltechniker diese Geschichte auseinanderpflücken könnte. Auf jeden Fall genug, damit die Geschworenen an Alberiks Erklärung zweifelten. Ihre Strategie war, den Kriminaltechniker dazu zu bringen, einzuräumen, dass er die Möglichkeit trotz der Unwahrscheinlichkeit, dass ein Haar von der Wasseroberfläche bis hinunter zu einer ertrunkenen Frau und in ihren BH hineingewandert war, nicht ausschließen konnte. Nicht zu hundert Prozent. Und manchmal reichten 99,9 Prozent aus, um zu sagen, dass ein berechtigter Zweifel bestand.

Ihr zweites großes Problem war der Schmetterlingsring, den Amalies Eltern als den Ring ihrer Tochter identifiziert hatten. Der Ring war bei Alberiks Schwester Rosa gefunden worden, die gleichzeitig das dritte große Problem darstellte.

Nachdem Georg Guldmann dieses Geschwür freigelegt hatte, war Rosa zur Kronzeugin der Anklageseite geworden. Und es bestand kein Zweifel, dass Bastian die ungeheuerliche Geschichte bis zum Äußersten ausnutzen wollte. Die Erzählung von dem bösen Bruder, der laut Rosa beide Eltern ermordet und sie selbst danach durch Bedrohung zu lebenslangem Schweigen gezwungen hatte, war fundamental, um den Geschworenen klarzumachen, dass sie einem psychopatischen Mörder gegenübersaßen.

Es war ein haarfeiner Balanceakt, aber es blieb der Verteidigerin nichts anderes übrig, als Zweifel an Rosas Glaubwürdigkeit zu streuen. Vielleicht sogar an ihrem mentalen Zustand. Aber Mathilde war sich des Risikos bewusst, dass die Geschworenen nur noch mehr Sympathie für Rosa empfinden würden, falls sie sie zu hart angriff.

Als Bastian mit der Befragung von Rosa begonnen hatte, verspürte Mathilde jedoch nach und nach eine gewisse Erleichterung. Rosa wand sich im Zeugenstand unter dem intensiven Blick ihres Bruders. Sie wirkte nervös, zitterte, und sogar, wenn sie vielleicht ihre Gründe dafür hatte, war es ein visueller Eindruck, der unbewusst auf die Jury wirken würde. Hier saß eine Frau, die nicht alle fünf Sinne beisammenhatte und daher nicht richtig überzeugte.

„Was haben Sie nach dem Tod Ihrer Mutter getan? Sind Sie zur Polizei gegangen?“, fragte Bastian.

Rosa schüttelte den Kopf.

„Nein. Ich habe mich nicht getraut."

„Warum nicht?"

„Eskild hat mir gedroht. Er hätte meinen Freund getötet, wenn ich zu irgendwem irgendetwas gesagt hätte. Erst ihn und dann mich. Ich habe ihm geglaubt."

Bastian brachte sie dazu, von der Brandstiftung in der Turnhalle zu erzählen.

„Und danach, was ist dann passiert?"

„Ich habe mit meinem Freund gebrochen. Ich habe so getan, als wäre ich nicht mehr an ihm interessiert. Um ihn zu retten. Ich bin zurück in die Wohnung zu Eskild gezogen. Kurz danach hat er verlangt, dass ich mit der Schauspielerei aufhöre. Er meinte, dass wir von dem Erbe unserer Eltern leben können, also sollte ich mich nicht zur Schau stellen, wie er es nannte."

„Und dem haben Sie sich gefügt?"

„Ich habe nichts anderes gewagt. Ich wusste, dass er mich sonst töten würde."

„In all diesen Jahren haben Sie sich niemandem anvertraut? Das klingt merkwürdig. Können Sie dem Gericht erklären, warum?"

„Ich habe zwei Menschen von Eskild erzählt. Meinem Vater und meiner Mutter. Kurze Zeit später waren sie beide tot. Was hätten Sie getan?", fragte Rosa.

Bastian überließ Mathilde die Bühne.

„Rosa Alberik", begann Mathilde freundlich. „Wie Sie hier vor Gericht ausgesagt haben, sind Sie davon überzeugt, dass Ihr hier vor Gericht angeklagter Bruder, Eskild Alberik, Ihre Eltern getötet hat. Ist das korrekt?"

„Ja."

„Aber dann muss es doch Akten der Mordermittlungsverfahren geben. Gibt es die?"

„Nein."

„Aber sie wurden als Mordfälle behandelt?"

Wieder musste Rosa den Kopf schütteln.

„Nein."

„Das heißt also, als Ihr Vater, Marius Alberik, starb, kam die Polizei zu dem Schluss, dass es sich um einen Fehler an den Bremsen und einen banalen Verkehrsunfall mit Todesfolge handelte. Ist das korrekt?"

„Ja."

Mathilde Berg hielt gut sichtbar einen Stapel Papiere hoch.

„Dies ist eine Kopie des Polizeiberichts, der nach dem Tod Ihrer Mutter angefertigt wurde. Hier steht, dass Ihre Mutter, Agnete Alberik, sich in der Badewanne in der Wohnung der Familie im Alhambravej das Leben genommen hat. Dass sie eine beträchtliche Menge Alkohol im Blut hatte und vorher Pillen geschluckt hatte."

„Das steht im Polizeibericht, ja."

„Aber Sie glauben der Polizei nicht? Kann ich das aus Ihrer Aussage schließen?"

„Nein. Ich glaube der Polizei, aber mein Br..."

„Ja oder nein?"

„Nein."

„Wir haben also zwei Polizeiberichte, und Sie sagen, dass keiner dieser Berichte stimmt. Rosa Alberik, ist es richtig, dass Sie als junge Frau eine Ausbildung zur Schauspielerin angefangen haben?“

„Ja.“

„Kann man das als eine sehr kreative Arbeit bezeichnen? Wo man gut darin sein sollte, Geschichten zu erfinden?“

„Ja, aber das hier ist …“

Mathilde Berg unterbrach sie wieder.

„Ich würde gern mit Ihnen über den Vorfall mit dem Brand sprechen, an dem sich der Staatsanwalt so aufgehängt hat. Ein Bubenstreich, ausgeführt von einem Fünfzehnjährigen in Trauer. Können Sie sich daran erinnern, dass Sie damals vor den Behörden ein gutes Wort für ihn eingelegt haben?“

„J… ja.“

Rosa senkte den Kopf.

„Ich lese hier aus einem Brief an das Sozialamt vor: ‚Mein Bruder hatte eine ausgesprochen schwierige Phase. Ich kenne ihn als einen ruhigen und guten Jungen, der unter unglaublichem Druck stand. Deshalb bitte ich darum, dass er nicht noch mehr bestraft wird.‘ Ist Ihnen dieser Brief bekannt? Sind Sie es, die ihn geschrieben hat?“

„Schon, aber damals hat unser Anwalt gesagt, dass …“

Mathilde interessierte sich nicht für den Rest des Satzes, sondern ging sofort zu ihrem nächsten Programmpunkt über.

„Ihr Bruder hat angegeben, dass Sie nach dem Tod Ihrer Eltern in Behandlung waren und eine Zeit lang rezeptpflichtige Psychopharmaka eingenommen haben. Ist das korrekt?“

„Ja."

„Und die Brandstiftung in der Wohnung am Mittwoch, dem 22. Juni, als Ihr Bruder im Badezimmer gefunden wurde: Ist es nicht so, dass Sie das selbst inszeniert haben und dass Ihr Bruder aus Angst ins Badezimmer geflüchtet ist?"

„Nein."

Bevor Mathilde Berg diesen Faden weiterspinnen konnte, griff die Richterin ein.

„Die Geschworenen werden gebeten, von der letzten Bemerkung abzusehen", bemerkte sie und sah die Anwältin streng an.

Mathilde nickte und griff nach einem neuen Stapel Papiere.

„Ich habe hier den technischen Bericht der Anklage, laut dem es nicht ausgeschlossen werden kann, dass es gar nicht Ihr Bruder war, der Sie am Bett festgebunden hat. Was haben Sie dazu zu sagen?"

„So war es nicht."

„Aber Ihr Bruder könnte unschuldig sein, räumen Sie das ein?"

„So war es nicht."

Rosas Unterlippe begann zu zittern. Sie hatte sich auf unangenehme und persönliche Fragen eingestellt. Aber es war eine Sache, zu wissen, dass sie kommen würden, und eine ganz andere, im Gerichtssaal zu sitzen und aufgefordert zu werden, vor vielen Menschen seinen innersten Schmerz nach außen zu kehren. Vor dem Mann, der auf der Anklagebank saß und es vermutlich genoss, sie leiden zu sehen. Sie begegnete Georg Guldmanns Blick. Er nickte ihr fast unmerklich zu.

„Aber ist es nicht so, dass Sie heute hier sind, um Ihren kleinen Bruder zu ruinieren, auf den Sie immer krankhaft eifersüchtig gewesen sind? Liegt die Wahrheit nicht darin, dass Sie ein fantastisches Leben als verwöhntes Einzelkind gehabt haben, bis Sie sieben Jahre alt waren? Dass die Ankunft Ihres kleinen Bruders dieses Märchen vernichtet hat?"

Wieder sah die Richterin Mathilde Berg streng an.

„Vor Gericht wird ein anständiger Ton gehalten. Das ist die letzte Verwarnung."

Nun war Eskild Alberik an der Reihe, seine Erklärung abzugeben, und Mathilde Berg hoffte inständig, dass er sich an ihre Anweisungen erinnerte. Sich mit dem Antworten Zeit zu lassen. Lieber erst tief Luft zu holen, bevor man eine Antwort gab. Auf diese Weise konnte man den maschinenpistolenartigen Rhythmus aus Fragen brechen, der eine von Bastian meistbenutzte Technik vor Gericht war.

Den Anzug, den Alberik trug, hatte sie persönlich ausgewählt. Hatte einen Assistenten losgeschickt, einen diskreten Schlips zu kaufen. So, wie Alberik jetzt dasaß, sah er genauso aus, wie er sollte: wie ein armer, intellektueller Opernrezensent, der aufgrund eines grauenhaften Irrtums und einer rachsüchtigen Schwester, die ihm die Schuld an ihrer gescheiterten Schauspielkarriere gab, vor Gericht gelandet war. Ein empfindsamer Künstlertyp, der in die Klemme geraten war in einem harten System aus Polizei und einem Staatsanwalt, der keinen Sinn für die schönen Dinge im Leben hatte. Wie die Oper.

Der Wortwechsel mit Rosa hatte Mathilde Bergs Erwartungen übertroffen, und nun näherten sie sich dem Endspurt. Ihr Plan war, Alberik langsam, aber sicher aufzubauen. Ihn von den vielen Opern erzählen zu lassen, die er rezensiert hatte. Wie er als angesehener Mitarbeiter ins Ausland gereist war und dass er als einer der renommiertesten Wagner-Experten Dänemarks galt.

Allein die Verbindung zwischen einem Journalisten, der über Partituren und Soprane schrieb, und dem kaltblütigen Mörder, den Bastian dem Gericht zu schildern versuchte, war ganz und gar absurd. Und Mathilde Berg hatte die Absicht, die Geschworenen mit genau diesem Eindruck zurückzulassen, bevor sie sich zur Abstimmung zurückziehen würden.

Aber zuerst musste Alberik seinen Auftritt in der Manege vor dem Staatsanwalt mit den harten blauen Augen überleben.

„Nicht vergessen, tief einatmen“, konnte sie ihm gerade noch zuflüstern, bevor er aufstand und demütig den Platz im Zeugenstand einnahm.

Er lächelte den Geschworenen vorsichtig zu. Nicht zu sehr, denn es war trotz allem eine ernste Angelegenheit, wegen der sie hier versammelt waren. Nur gerade so, um anzudeuten, dass sie alle im selben Boot saßen und alle gern bald nach Hause wollten, wenn dieser Albtraum überstanden war. Dann schlug Eskild Alberik die Augen nieder. Die Unschuld in Person. Der kleine Mann, gefangen im System.

Uffe Bastian sah sich im Gerichtssaal um und wartete, bis er von allen die volle Aufmerksamkeit hatte, bevor er sprach.

„Sehr geehrte Richterinnen und Richter, sehr geehrte Geschworene. Ich würde gern um Erlaubnis bitten, dem Gericht ein Musikstück vorzuspielen."

Die Vorsitzende runzelte die Stirn.

„Uffe Bastian. Ich gehe davon aus, dass dies unmittelbar mit dem Fall zu tun hat und nicht irgendein Theatertrick ist. Das Gericht schätzt keine Theatervorstellungen", sagte sie.

Bastian verbeugte sich leicht.

„Ich versichere der Frau Vorsitzenden, dass es für den Fall von Bedeutung ist."

Ein Assistent trug eine Musikanalage hinein, und Bastian machte eine große Nummer daraus, dem Gericht eine Stoppuhr zu zeigen, die er in genau dem Augenblick startete, als die erste Strophe Wagner in den Saal schallte.

Die Geschworenen saßen nachdenklich da und hörten zu. Alberik schloss die Augen und sah aus, als befinde er sich in seiner ganz eigenen Welt. Er lächelte selig.

Nach einer Minute und 27 Sekunden stoppte Bastian die Musik abrupt und wandte sich den Geschworenen zu. Noch bevor Alberik sich das Lächeln aus dem Gesicht schütteln konnte.

„Sie haben exakt 87 Sekunden von dem Stück gehört, das wir den Angeklagten so intensiv haben genießen sehen.

So lange kann ein Mensch sich unter Wasser aufhalten, bevor er anfängt, zu ertrinken, meine Damen und Herren. So lange stand der Angeklagte passiv über diesen wehrlosen Frauen, die er mit Insulin gelähmt hatte. So lange blieb er summend am Kai stehen und wartete darauf, dass sich ihre Lungen mit Wasser füllen."

Alberiks Gesicht verzerrte sich vor Wut.

„Besudeln Sie Wagner nicht mit Ihrer Schweinerei!", schrie er Bastian an.

Eine Frau auf der Geschworenenbank keuchte und schaute ängstlich zu dem Angeklagten herüber.

Die Vorsitzende wandte sich an Alberik.

„Ruhe. Sie sprechen nicht, bevor ich Ihnen das Wort gebe. Verstanden?", sagte sie.

Alberik nahm sich zusammen.

„Verzeihung", erwiderte er.

Aber der Schaden war bereits geschehen.

Bastian schaute auf seine Papiere herunter. Es gab keinen Grund, dass die Geschworenen das triumphierende Lächeln sehen sollten, das seine Mundwinkel umspielte.

Endlich einmal hatte Georg das Abendessen gekocht und Astrid danach mit einem Kuss vor der Arbeit verabschiedet. Sie musste schnell in die Oper, um ein Problem mit den Kleidern für *Figaros Hochzeit* in den Griff zu bekommen.

„Du solltest wirklich mal einen Abend vorbeikommen und zuschauen. Ich glaube, Mozart würde deinen Nerven guttun", hatte sie gesagt.

Als sie gegangen war, ging er ins Wohnzimmer und setzte sich mit dem Rest der Flasche Wein, die sie sich zum Abendessen geteilt hatten, in den Sessel.

Egal, wie viele Male er schon dabei gewesen war, wenn ein Fall zu seinem Abschluss kam, gewöhnte Georg sich nie an die unvermeidliche Nervosität der bangen Sekunden, wenn man darauf wartete, dass endlich das Urteil fiel.

Tief drin wusste er, dass er alles dafür getan hatte, einen starken Fall aufzubauen, und dass er Bastian nicht vorwerfen konnte, nicht sein Äußerstes getan zu haben. Trotzdem war es bis zur letzten Sekunde nervenaufreibend. Jedes Mal fühlte es sich an, als ob ganz zum Schluss der Verhandlungen sein Herz aufhörte zu schlagen, bevor die Vorsitzende mit trockener Stimme vorlas:

„Die Geschworenen erklären den angeklagten Eskild Alberik für schuldig an der vorsätzlichen Tötung von Amalie Frederiksen, die er am 18. Juni durch Ertrinken umgebracht hat. Die Geschworenen erklären den angeklagten Eskild Alberik ebenfalls für schuldig an der vorsätzlichen Tötung der nicht identifizierten Frau, die vor dem Gericht Ekaterina genannt wurde …"

Georgs Blick schweifte durch den Saal und sah Falks breites Lächeln. Aber direkt über dem Lächeln hatte er Ringe unter den Augen und Falten, bei denen Georg sich fast sicher war, dass sie noch nicht so tief gewesen waren, bevor Alberik aufgetaucht war. Es würde an jedem zehren, so viele Stunden gemeinsam mit einem Psychopathen zu verbringen, wie er es getan hatte. Annika Schmidt hatte bestätigt, dass Psychopath genau die richtige Bezeichnung für Eskild Alberik war.

Ob Alberik zum Tatzeitpunkt zurechnungsfähig war, mussten die Geschworenen beurteilen, aber Annika und ihre Mitarbeitenden in der Rechtspsychiatrischen Klinik meinten, ja. Und es passierte sehr selten, dass das Gericht der Einschätzung der Experten nicht folgte.

Vor dem Gericht standen Amalies Eltern mit einer verweinten Ann-Charlott zusammen. Dort war kein Lächeln zu sehen. Auch wenn sie erleichtert waren, war das hier für sie nicht der Abschluss, das wusste Georg. Es war nur der Beginn eines neuen und grausamen Kapitels, das nur eine einzige Überschrift hatte: Ihre Tochter würde weiterhin tot sein, für den Rest ihres Lebens. Mit den Jahren würde der Schmerz vielleicht etwas abnehmen. Aber er würde immer da sein. Er würde zu den voraussehbaren Anlässen auftauchen, Weihnachten, Geburtstage. Wenn ihre gleichaltrigen Klassenkameraden heirateten, wenn die Nachbarn Großeltern würden. Der Schmerz würde auch an einem normalen Mittwochnachmittag kommen wie ein Angriff aus dem Hinterhalt, wenn man spontan das Telefon ergreifen wollte, um ihr von einem ulkigen Erlebnis zu erzählen. Oder wenn man jemanden in einen Bus einsteigen sah, der ihr von hinten für den Bruchteil einer Sekunde ähnelte, sodass man sich am liebsten in den Verkehr stürzen und den Bus aufhalten wollte. Aber sie war es nie.

Niemand wusste das besser als Georg.

Er hatte sich leise davongeschlichen, ohne zu stören. Das Loch in seinem Herzen ging Amalies Eltern nichts an. Das war nur seins. Seins und Astrids.

Nach nur wenigen Schritten merkte er, dass jemand ihm auf die Schulter tippte. Es war Ann-Charlott. Sie umarmte ihn fest.

„Danke", sagte sie und drehte auf dem Absatz um.

Es waren ihre Augen, die er nicht vergessen konnte. Und dass er immer noch nicht Ekaterinas richtigen Namen kannte. Dass sie keine Eltern im Gericht gehabt hatte, keine Familie, die dabei war, als eine Person dafür verurteilt wurde, ihr das Leben genommen zu haben. Er hoffte von ganzem Herzen, dass sich eines Tages jemand an Europol wenden und nach einer Antwort suchen würde, was mit ihrer Tochter passiert war. Und dass er derjenige sein würde, der ihnen erzählen konnte, dass sie nicht mehr am Leben war, aber zumindest ihr Mörder hinter Schloss und Riegel saß. Vermutlich auf Lebenszeit.

Er überlegte, ob er Falk damit beauftragen sollte, der litauischen Spur zu folgen und zu sehen, ob er herausfinden konnte, wer Ekaterina war. Streng genommen war der Fall abgeschlossen, aber er kannte Falk gut genug, um zu wissen, dass es ihn genauso sehr quälte wie Georg, dass ein Teil des Falls nicht vollständig aufgeklärt worden war. Es irritierte wie ein Juckreiz, den man nicht loswurde.

Vielleicht würde er Falk nächste Woche noch mal Alberik verhören lassen. Mitunter bekamen Leute erst dann den Mund auf, wenn sie endgültig einsahen, dass das Spiel gelaufen war und keine Ausreden daran etwas ändern konnten.

Georg erhob sich aus dem Sessel und suchte aus Astrids CD-Sammlung Wagner heraus. Saß still da und lauschte intensiv den Tönen, versuchte zu verstehen, was Wagner an sich hatte. Warum gerade diese Musik zum Morden inspirieren sollte, würde er nie verstehen. Aber so war diese Arbeit. Jeden Tag sah man alle Aspekte des menschlichen Lebens: Trauer, Zorn, Rache, Wut. Aber auch Liebe. Hartnäckigkeit. Und Erleichterung, wenn dunkle Taten wie Mord endlich ans Licht kamen. Erleichterung bei den Hinterbliebenen, bei der Polizei und manchmal auch bei dem Mörder selbst. Wenn er alles zusammenzählte, war es der beste Job der Welt.

Das Handy konnte gerade so die Musik übertönen. Eine englische Telefonnummer.

Er drehte die Lautstärke herunter.

„Guldmann hier."

Die Frau am anderen Ende der Leitung stellte sich als Kommissarin Marion Sage vor.

„Entschuldigung, dass ich so spät anrufe, aber ich habe gerade ein paar Informationen erhalten, denen ich sofort nachgehen muss."

„Kein Problem", sagte Georg.

„Sind Sie es, der DNA an Europol geschickt hat, im Zusammenhang mit einem Mörder in Kopenhagen, der zwei Frauen ermordet und im Wasser versenkt haben soll?"

„Ja. Das bin ich. Warum fragen Sie?“

„Wir haben gerade ein Match mit einem unaufgeklärten Mord hier in Manchester gefunden.“

Kapitel 9
Zurück in Bayreuth

Claudia war die Erste.

Er würde natürlich erst sehr viel später erfahren, dass sie Claudia hieß. Erst, als er die Zeitungen las.

Sie saßen den dritten Tag in Folge im Verhörraum in Vridsløselille. Falk hatte Tuc-Cracker und französischen Käse mitgebraucht, um das Ganze etwas besser ins Rollen zu bringen, und war mehrere Tage lang um Alberik herumscharwenzelt. Sie hatten über die Oper gesprochen, sie hatten über alles Mögliche andere gesprochen. Und langsam, mit viel Geduld, hatte Falk sich den schweren Fragen genähert, von der Seite, wie eine Krabbe.

Dabei waren sie keine Freunde geworden. Dazu hatte Falk eine zu starke Auffassung von Richtig und Falsch. Aber es war eine Art Einverständnis zwischen ihnen entstanden. Ein Kontakt, der bedeutete, dass sie auf die ein oder andere bizarre Weise eine Zusammenarbeit begonnen hatten.

Eine Zusammenarbeit, bei der Falk absolut klar war, dass er seine Zeit damit vergeuden würde, an die Gefühle des Mannes zu appellieren und die Karte der trauernden Eltern, die Klarheit brauchten, auszuspielen. Er musste Alberik mit anderen Mitteln dazu bringen, über die Morde zu sprechen, die er begangen hatte.

Deshalb hatte Falk dem Festgenommenen gesagt, dass die Sache nun aufgeklärt werden sollte, dass alles ans Licht musste. Dabei hatte er mehr als nur angedeutet, dass Alberiks Bereitschaft zur Zusammenarbeit belohnt werden konnte, mit Zugang zu einer Musikanlage und einer begrenzten Anzahl CDs seiner Wahl in der Zelle.

Alberik hatte eingewilligt, dass eine Videokamera aufgestellt wurde, die das gesamte Treffen filmte.

Mittlerweile war das Gespräch auf Alberiks allerersten Besuch in Bayreuth gekommen. Und dann fiel der Satz:

„Claudia war die Erste."

Falk hatte instinktiv gewusst, dass er gut daran tat, den Mund zu halten und Alberik seine Geschichte erzählen zu lassen. Auf seine Art.

Es war Alberiks erstes Wagner-Erlebnis in dessen Heimathafen – in der kleinen Stadt, deren ganze Existenzberechtigung darin liegt, dass sie in Richard Wagners letzten Lebensjahren das Zuhause des Genies gewesen war.

Selbstverständlich hatte er sich von seinem Universitätsstudium freigenommen und sich zu dieser heiligen Stätte begeben. Ein Ort, an dem man Wagners Genialität würdigte und verstand, dass er ein Halbgott war.

Für diese Zeit hatte er sich in einer bescheidenen Pension einquartiert und stattdessen viel Geld für die Eintrittskarten ausgegeben, für die vier Abende hintereinander, an denen *Der Ring des Nibelungen* aufgeführt wurde.

Er verspürte totale Ehrfurcht vor dem großen Komponisten, und es war wie ein religiöses Erlebnis, als er Wagners Festspielhaus zum ersten Mal betrat. Wie ein Muslim, der nach einer harten Pilgerreise Mekka erreichte. Wie ein Katholik, der den Jakobsweg vollbracht hatte. Es war vom ersten Augenblick an, wie nach Hause zu kommen und einzusehen, dass man bis zu diesem Zeitpunkt wie ein Fremder zu Besuch im eigenen Leben gewesen war.

Stundenlang erlebte er diese erhabene Schönheit und wurde von seinen Gefühlen überwältigt. Er weinte, er lachte, er war empört über die flittchenhaften Rheintöchter, die in einer der ersten Wagner-Rezensionen im 19. Jahrhundert vom Musikkritiker Eduard Hanslick als die Frauen in Wagners „Hurenaquarium" bezeichnet worden waren. Er liebte dieses Wort: „Hurenaquarium".

Dann ging er am Roten Main entlang zurück zur Pension. Er konnte es kaum ertragen, nach solch einem Erlebnis einfach nur nach Hause auf das dürftige Zimmer zu gehen, den Abend so enden zu lassen. Auf der anderen Seite war er zu schüchtern, um in eine Kneipe zu gehen. Außerdem hasste er den Gestank nach Bier und Zigaretten. Er hasste den Schweiß der Leute. Und ihr fröhliches Gelächter machte einen Lärm, der all die seelische Ruhe zersplittern würde, die er sich jemals mithilfe Wagners erkämpft hatte.

Plötzlich stand sie dort vor ihm. Die Hure. Rosa. Die sein Leben auf jegliche Weise zerschmettert hatte. Plötzlich stand sie da und wollte ihm seinen Wagner nehmen. Die Ruhe, die sich in ihm ausgebreitet hatte, der verfluchte Lärm vom Brüllen des Vaters, das pathetische Wimmern seiner Mutter, als er sie zum letzten Mal unter Wasser drückte, und Rosa, die verdammte Hure, die nicht sehen wollte, dass er all das für sie getan hatte, damit sie zusammen sein konnten.

Sie stand ihm gegenüber, sie hatte ihn hier gefunden. Mit ihrem Hohngelächter und ihrer verdammten Abweisung. Sie war Rosa, und sie war eine Floßhilde, die unter Wasser im Rhein in ihrem Hurenaquarium wohnte, und sie lachte und lachte und lachte über ihn, und am Ende lachte sie nicht mehr. Sie lag ganz ruhig da, und er lag über ihr. Er bemerkte den feuchten Fleck in seiner Hose, dann sah er ihr Gesicht – und es war nicht Rosa. Es war nicht Floßhilde.

Sie hieß Claudia Maier und war auf dem Weg von ihrer Großmutter nach Hause gewesen. Wie in *Rotkäppchen*, wie eine der deutschen Zeitungen geschrieben hatte, nachdem sie aus dem Fluss gefischt worden war.

Das kleine Rotkäppchen, das seinem Wolf begegnet war.

Die platten Zeitungsrubriken machten ihn wütend. Sie banalisierten etwas, das sehr viel komplexer und schöner war.

Er blieb für den Rest der Woche in Bayreuth, da es Aufmerksamkeit wecken könnte, nicht zu den Vorstellungen zu gehen, für die er Eintritt bezahlt hatte, sagte er sich. Doch die Wahrheit war, dass er Wagner nicht hätte verlassen können, egal, ob er riskierte, wegen eines Mordes geschnappt zu werden.

Jede einzelne Minute saß er mit klopfendem Herzen da und lauschte, als sei jede Strophe die letzte. Der Genuss war so intensiv, dass er dort im Theater die Erektion, die er nie mit einer Frau erreicht hatte, spürte wie eine konstante Begleitung. Er legte seine Jacke in den Schoß, damit niemand es bemerkte. Jeden Augenblick konnte die deutsche Polizei ins Theater stürmen und ihn mitnehmen. Sein Puls hämmerte im ganzen Körper, und er hatte sich noch nie so lebendig gefühlt, so mächtig.

Der Mord war das Klatschthema des Städtchens und überschattete sogar das Thema der neuen und kontroversen Inszenierung der *Walküre*. Alberik kaufte die Zeitungen und ließ sich zum ersten Mal seit undenklichen Zeiten in Gespräche mit Leuten verwickeln, die er nicht kannte. Ja, es war wirklich entsetzlich. Und, ja, man konnte nur hoffen, dass die Polizei den Schuldigen bald schnappte. Und, ja, es schien äußerst wahrscheinlich, dass der Täter in dem Lager der Roma gefunden werden würde, das offensichtlich etwa dreißig Kilometer nördlich der Stadt lag.

Alberik empfand eine stille Lust an all ihren platten Floskeln, wieder und wieder denselben, weil er wusste, dass er der Einzige auf der ganzen Welt war, der genau wusste, was passiert war. Der das Leben aus den Augen des Mädchens hatte verschwinden sehen, während er zugedrückt hatte.

Als die Tage verstrichen und die Polizei nicht aufgetaucht war, reiste er in aller Ruhe aus Bayreuth ab und kehrte zu seinem Studium zurück.

In den darauffolgenden Monaten hatte er den Fall mit einem Gefühl der Wollust in der Presse verfolgt. Einmal wurde ein junger Mann aus der Stadt festgenommen, ein Schlachterlehrling, der offensichtlich ein bisschen für Claudia geschwärmt hatte. Einerseits war Alberik erleichtert, aber andererseits auch wütend, dass der Schlachterlehrling die Ehre für seine Tat bekommen sollte.

Am Ende war der junge Schlachter wieder freigelassen worden, aber der Verdacht hing ihm nach, und er war gezwungen gewesen, die Stadt zu verlassen, nahm Alberik mit Befriedigung zur Kenntnis.

In den vielen Jahren, die seitdem vergangen waren, war er unzählige Male nach Bayreuth zurückgekehrt, um Wagner zu hören. Seine Zeitung schickte ihn dorthin, sooft er seinen Redakteur davon überzeugen konnte, dass er eine Vorstellung rezensieren musste. Jedes Mal ging er immer einmal am Roten Main entlang, um dieses ganz besondere Gefühl wieder zu erleben, das sie ihm gegeben hatte.

„Claudia war die Erste."

Er wiederholte die Worte laut.

Alberik sah Falk an.

Jetzt war die Frage, ob Falk ihm diese schön gestrickte Geschichte abkaufen würde. Sie war durchaus wahr, aber Alberik hatte eine Art Klöppelspitze dargelegt. Ein hübsches Muster um die großen Löcher herumgesponnen, in der Hoffnung, dass es von der Wahrheit ablenken würde, die innerhalb dieser Wahrheit lag.

Dass Rosa mit ihm mitgereist war. Wie sie Arm in Arm am Roten Main entlanggegangen waren und dass das der Grund gewesen war, warum die junge Claudia keine Scheu gehabt hatte, zu ihnen heranzukommen, als sie sie nach dem Weg zu einem der Hotels in der Stadt fragten. Wie seine Schwester stumm an seiner Seite gestanden hatte, während er das junge Mädchen erwürgte. Er erinnerte sich an Rosas schnellen Atem und wie ihre Augen leuchteten. Noch nie zuvor hatte er seine Schwester so glücklich gesehen. Vielleicht abgesehen von der Nacht, als er in der Tür auf sie gewartet hatte, als sie nach Hause kam, und ihr erzählte, dass er ihren Plan in die Tat umgesetzt hatte und ihre Mutter niemals mehr ihre kleinen Spielchen stören würde. Im Einverständnis hatten sie passende Mienen aufgesetzt, bevor sie den Krankenwagen riefen.

Wie sie ihn auf allen Reisen begleitet hatte, um das Ganze vertrauenswürdig aussehen zu lassen. Opernrezensent erscheint mit seiner Frau. Sie hatten denselben Nachnamen, und niemand stellte Fragen. Dass es ein Kinderspiel war, junge Mädchen anzulocken, wenn man eine Frau am Arm hatte. Keines der Mädchen hatte jemals auch nur die geringste Form von Nervosität gezeigt.

Amalie war ein Fehler gewesen. Eine impulsive Tat nach einem heftigen Streit mit Rosa. Er wollte raus, und sie wollte nicht mit, weil sie meinte, es sei zu riskant, mit so kurzem Abstand in derselben Stadt zu morden.

Also war er allein gegangen. Amalie war aus Trotz ermordet worden, und er hatte es nicht gut genug vorbereitet. Zwar hatte er an das Insulin gedacht, aber vergessen, dass er etwas Schweres brauchte, um sie unter Wasser zu halten. Rosa hatte sich immer darum gekümmert, und jetzt musste er den Preis zahlen. Seine allerwichtigste Aufgabe bestand nun darin, Rosa aus der Sache herauszuhalten und alle Schuld auf sich zu nehmen. Sie war die Einzige, die er hatte, und auf diese Weise konnte seine große Schwester ihn im Gefängnis besuchen. Vielleicht würde sie mit der Zeit allein auf die Jagd gehen und ihm auf ihren Besuchen davon erzählen können.

Die Schuldgefühle wegen seines Versuchs, sie im Bett zu verbrennen, waren enorm. Er war von seiner Wut und Frustration darüber, dass sie ihn nicht wieder hatte rausgehen lassen wollen, überwältigt worden. Es war ihre Schuld, dass er allein hatte auf die Jagd gehen müssen, ihre Schuld, dass er einen Fehler begangen hatte, wegen dem er jetzt Gefahr lief, aufzufliegen.

Er merkte, wie das Selbstmitleid ihn überwältigte. Tränen schossen ihm in die Augen bei dem Gedanken daran, wie frustrierend es sein würde, nicht mehr mit ihr jagen zu können. Er wandte sich Falk zu, dem die einsame Träne nicht entgehen konnte, die über Alberiks Wange rollte.

„Arme kleine Claudia. Ich hoffe, ihre Familie findet Frieden“, sagte er dem Polizisten zugewandt.

Falk saß einen Augenblick da und besann sich.

„Okay. Wir kontaktieren die Polizei in Bayreuth. Was können Sie mir über Manchester sagen?“

„Was wollen Sie über Manchester wissen?"

„Dort gab es eine junge Frau, Fiona Glades, die im Kanal gefunden wurde", sagte Falk.

Er öffnete eine Mappe und zog ein Foto heraus, das er Alberik zeigte. Ein blondes junges Mädchen mit Zöpfen und einem roten T-Shirt von Manchester United.

Alberik nickte.

„Ach ja. Opera North. Ausgezeichnete Aufführung, wenn ich auch etwas frustriert über Wotan war. Seine Stimme konnte den Saal nicht richtig ausfüllen. Aber man weiß ja nie, was man bei einer Provinzoper bekommt."

„Aber das Mädchen, Fiona?", fragte Falk.

Alberik erklärte, wie betrunken sie gewesen und ihm auf seinem Rückweg ins Hotel schwankend unter einer Brücke entgegengekommen war.

„Das war so eine etwas impulsive Sache. Sie war da. Ich war da. Es war so gesehen nichts Persönliches", bemerkte Alberik trocken.

Falk konzentrierte sich darauf, die Informationen aufzunehmen. Sie zu fassen, wie Guldmann es immer nannte.

„War Fiona die Erste, bei der Sie Insulin benutzt haben?"

Alberik schüttelte den Kopf.

„Oh nein. Das war in Paris. Ich glaube, sie hieß Malene oder Madeleine. Ich weiß es nicht mehr. Es war kurz nachdem bei meiner Schwester Diabetes festgestellt wurde und sie mit dem Insulinpen angefangen hat. Ich habe gesehen, wie sie sich selbst gespritzt hat, wie zauberhaft leicht das war. Also habe ich immer einen mitgenommen, wenn es an der Zeit war, zu jagen. Es war effektiv."

Falk lenkte das Gespräch schnell von Rosa weg, die seiner Erfahrung nach beinahe das Einzige war, das Alberik in Erregung versetzen konnte.

„Was haben Sie mit ihr gemacht?"

„Die Seine, natürlich. Es war in Paris."

„Hatten Sie keine Angst, dass es entdeckt werden würde?"

„Das Insulin? Nein. Die Nadeln waren so dünn, dass man nichts sehen oder merken würde, bevor es zu spät ist."

„Aber lassen Sie uns auf Fiona zurückkommen. Ich habe versprochen, der Greater Manchester Police eine Art Bericht vorzulegen."

Alberik lächelte.

„Ich erinnere mich nicht an viele Details. Sie war süß. Leistete nicht viel Widerstand, weil sie so betrunken war."

Falk ließ die Sache bis auf Weiteres auf sich beruhen.

„Wie viel Zeit ist zwischen Claudia und dem nächsten Mord vergangen?"

„Viel Zeit. Sehr viel Zeit."

„Wie viel Zeit war das?", fragte Falk.

„Mehrere Jahre. Ich hatte nicht das Bedürfnis. Das kam erst zurück, als ich bei der Zeitung angefangen hatte und in der Welt herumreiste."

„Versuchen Sie, mir zu erklären, was passierte, als Sie … wieder das Bedürfnis hatten?"

Alberik überlegte einen Moment.

„Der Effekt von Claudias Tod fing an, abzuklingen. Ich hatte ein Tuch mitgenommen, das sie um ihr Haar gewickelt hatte. Das roch nach ihr. Die Polizei hat nie entdeckt, dass ich es hatte. Sie dachten, dass es abgefallen war, als sie im Wasser landete."

„Also taten Sie es wieder?"

„Das Tuch hörte auf, nach ihr zu riechen. Ich musste etwas Neues finden." Alberik holte tief Luft. „Mir wurde klar, dass die Polizei einen nie findet, wenn man auf diese Art herumreist. Man ist ein paar Tage in einer Stadt, und dann verschwindet man wieder spurlos. Es ist, als ob man nie dort gewesen ist."

„Aber Sie haben ja sehr sichtbare Spuren hinterlassen", wandte Falk ein.

Alberik starrte ihn an.

„Was meinen Sie?"

„Die Rezensionen. Man braucht ja nur in die Zeitung schauen, dann kann jeder rekonstruieren, wo Sie gewesen sind. Und in einer Reihe von Fällen, in denen junge Frauen an verschiedenen Orten in Europa ertrunken aufgefunden wurden, sind Sie in der Stadt gewesen. Und die Morde haben immer in den Tagen nach einer Premiere stattgefunden", erklärte Falk ruhig.

Alberik schwieg einen Moment.

„Sie sind gar nicht so dumm, Falk. Brauche ich einen Anwalt? Riskiere ich eine härtere Strafe?"

Falk zuckte mit den Schultern.

„Das kommt auf Sie an."

Alberik war wieder einen Moment lang still.

„Sind Sie sicher, dass Sie mich nicht für furchtbar halten werden, wenn Sie alles herausfinden, was ich getan habe?"

„Ich bin nicht hier, um eine Meinung zu haben. Ich bin hier, um herauszufinden, was passiert ist“, sagte Falk neutral.

Dann legte er zwei identische Listen auf den Tisch. Es war eine drei Seiten lange Auflistung von den Opernreisen, die Alberik für die Zeitung unternommen hatte. Mit der Angabe von Datum, Ort und Oper.

Falk schob die eine zu ihm herüber.

„Haben wir irgendeine vergessen?“

Alberik überflog die Liste schnell.

„Ich glaube nicht. Ich werde darüber nachdenken.“

Falk sah ihn an.

„Ich muss Sie fragen: Um wie viele Frauen geht es?“

Alberik nahm sich Zeit.

„Vierzehn? Vielleicht fünfzehn. Ich bin nicht mehr sicher.“

Falls Falk schockiert war, verbarg er es gut.

„Ich möchte, dass Sie mir die Namen und Details, an die Sie sich erinnern können, auf eine Liste schreiben. Ich möchte die Liste morgen haben. Okay?“

Alberik nickte.

„Ich habe nie in derselben Stadt zweimal zugeschlagen. Das war mein Prinzip. So habe ich verhindert, entdeckt zu werden.“

„Ja. Außer in Kopenhagen. Warum zwei Frauen in Kopenhagen?“

„Na, wir haben schließlich eine verdammte Zeitungskrise, oder?“, konterte Alberik und sah Falk an, als sei er ein Idiot.

„Inwiefern?“

„Sie sparen an den Reisen. Früher durfte ich reisen, wann immer es passte. Jetzt höchstens noch ein paarmal im Jahr. Ich kann mir nicht mehr selbst aussuchen, zu welchen Opern ich fahre“, erklärte Alberik gequält.

„Und deshalb mussten Sie zweimal in Kopenhagen zuschlagen?“

„Ja. Es ist so furchtbar ungerecht! Ohne die ganzen Einsparungen wäre ich nie erwischt worden. Das hier wäre nie passiert.“

„Nein. Das verstehe ich“, versicherte ihm Falk neutral.

Dann holte er tief Luft und hielt Alberik den Rest der Packung Tuc-Cracker hin.

„Ich glaube, wir machen für heute Schluss. Ich komme morgen mit Guldmann wieder.“

Alberik nickte und blieb mit Kekskrümeln im Schnurrbart zurück, während Falk unter den blauen Himmel des Frühherbstes heraustrat. Heraus in die Freiheit.

Als Falk ins Büro kam, hatte Guldmann die Füße auf den Tisch gelegt und trank mit Trine ein Bier. Vor ihm lag ein Schwarz-Weiß-Foto eines jungen Mädchens mit einer Art Studentenmütze auf dem Kopf, wie man sie in Dänemark zur Feier des Gymnasialabschlusses trägt.

Georg breitete die Arme aus.

„Hier siehst du Elena Bartulisa. Bisher bekannt als Ekaterina. Ihre Eltern dachten, sie sei auf einem Studienaufenthalt in Deutschland. Sie kommen morgen, um sie abzuholen.“

Georg zeigte zum Kühlschrank.

„Für dich steht auch eins da."

Falk holte das Bier und öffnete den Verschluss.

„Was hast du aus Alberik herausbekommen?"

Falk kam sofort zur Sache.

„Fünfzehn, sagt er."

Trine verschluckte sich an ihrem Bier.

„Ernsthaft? Glaubst du ihm?", fragte Georg.

Falk nickte.

„Ja. Ich glaube ihm."

Georg ließ den Blick aus dem Fenster und über den Parkplatz schweifen, dann wandte er sich wieder seinem Team zu.

„Ich glaube, ich muss Grundahl morgen um mehr Geld bitten", sagte Georg.

Sie saßen eine Weile schweigend da.

„Fünfzehn also?", fragte Trine nach.

„Ja. Aber wir haben ihn gestoppt", erwiderte Falk.

Georg knibbelte an dem Etikett seiner Bierflasche.

„Ja. Gestoppt durch einen Zufall. Wer weiß, wie viele wie ihn es da draußen gibt?"

DANKSAGUNG

Dieses Buch ist ein fiktives Werk, aber auch ein Experiment, das nur mit der großzügigen Hilfe von lieben Menschen gelingen konnte, die mich inspiriert und mir Unmengen ihrer Zeit, ihres enormen Wissens und ihres Wohlwollens geschenkt haben. Für eure Hilfe bin ich zutiefst dankbar. Ganz besonders geht mein Dank an:

Niels Morling, Institutsleiter des Rechtsmedizinischen Instituts; Hans Petter Hougen, Professor für Pathologie und Staatsobduzent; Bent Isager-Nielsen, Autor, Qualitätschef der Polizei und ehemaliger Leiter des *Rejseholdet* – einer früheren Polizeieinheit, die auch als „dänisches FBI" bezeichnet wurde –; Thomas Sheridan, Autor; Susanne Staun, Autorin; Dorte Sestoft, leitende Oberärztin in der Rechtspsychiatrie; Thomas Michelsen, Opernrezensent bei der Zeitung *Politiken*; Kurt Krag, ehemaliger Ermittlungsleiter und Verhörexperte beim *Rejseholdet*; Frederik Strand, Leiter des Polizeimuseums und Historiker; Henrik Nebelong, Jurist und Wagner-Experte; Karoline Normann, Verteidigerin; Erik Merlung, ehemaliger Staatsanwalt; sowie an Köchin Trille Lassen, Schiffsstewardess Kamma und meinen Schwager, Steen Fafner.

Hinter den Kulissen von *DR* gilt mein großer Dank Fernsehredakteurin Alberte Clement Meldal sowie den Filmeditoren und Sparringspartnern Anne Pilegaard Petersen und Mathias Bundgaard. Entschuldigt die makabren Dinge in euren Kopfhörern, denen ihr ausgesetzt wart. Thomas Hedemann, danke für Korrektur und hervorragenden dramaturgischen Rat. Hanne Barslund und nicht zuletzt Thomas Buch Andersen, danke, dass ihr es für eine gute Idee gehalten habt, sich in dieses Projekt zu stürzen.

Danke, Knud Lindholm Lau, dass du der enthusiastischste und aufmerksamste Zuhörer gewesen bist, den man sich wünschen kann.

Im Verlag möchte ich gern euch allen danken, die mir Raum und Hilfe geben und ihn zu einem fantastischen Arbeitsplatz machen. Nicht zuletzt gilt mein Dank meiner lieben Redakteurin Dorte, die schnell an Georg Guldmann glaubte.

Und wie immer Viv. Was würde ich ohne dich tun?